## TRES CONTRA UNO

DE REPENTE SUPO que no correría. No por el momento. Eso era lo que tenían planeado, eso era lo que esperaban que hiciera. Retrocedió hacia un rincón desde donde podía vigilar la puerta y las ventanas al mismo tiempo.

Abrió con el pulgar el cargador de su Colt, sacó el cartucho vacío e introdujo uno nuevo. Moviendo el cilindro, introdujo otro cartucho. Ahora su Colt de seis tiros estaba con la carga completa.

Podía ver una sombra en la ventana. Alguien miraba al interior de la habitación, pero el rincón donde Noon se encontraba de pie no podía verse desde allí.

Había otra persona en la puerta. ¿Serían tan osados como para intentar una entrada precipitada?

—*¡Ahora!*

La palabra resonó como un trueno, y tres hombres saltaron dentro de la habitación, dos a través de las ventanas y uno por la puerta. Fue su primer error.

Ruble Noon disparó cuando entraron...

# EL HOMBRE
# LLAMADO
# NOON

Louis L'Amour

BANTAM BOOKS

**EL HOMBRE LLAMADO NOON**
Un Libro de Bantam

HISTORIA DE PUBLICACIÓN
Edición Bantam / enero de 1970
Nueva Edición Bantam / mayo de 1971
Reedición Bantam / septiembre de 2002
Reedición Bantam / marzo de 2006
Reedición Bantam / marzo de 2008

Publicado por Bantam Dell
Una división de Random House, Inc.
Nueva York, Nueva York

Esta es una obra de ficción. Los nombres, personajes, lugares e
incidentes son producto de la imaginación del autor o se utilizan
en sentido ficticio. Cualquier similitud con personas reales, vivas
o muertas, acontecimientos o lugares es sólo coincidencia.

Fotografía de Louis L'Amour por John Hamilton—
Globe Photos, Inc.

Bantam Books y el colofón del gallo son marcas registradas de Random
House, Inc.

ISBN: 978-0-553-59120-0

Impreso en los Estados Unidos de América
Publicado simultáneamente en Canadá

*www.bantamdell.com*

OPM   10   9   8   7   6   5   4   3   2   1

# El hombre
# llamado Noon

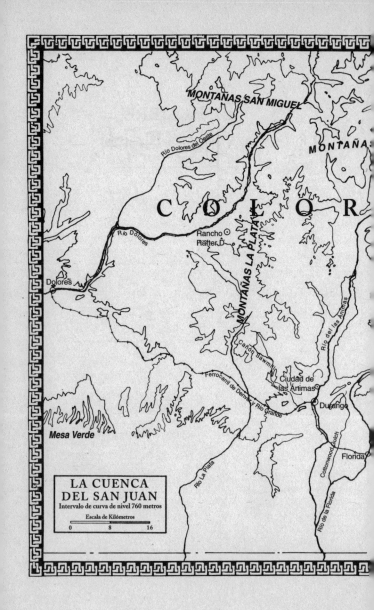

MONTAÑAS SAN MIGUEL

MONTAÑAS

Río Dolores del Oeste

C O L O R

Río Dolores

Rancho ⊙
Ráfter D

MONTAÑAS LA PLATA

Río del las Ánimas

Dolores

Cañón Sawmill

Ferrocarril de Denver y Río Grande

Ciudad de
las Ánimas

Durango

Mesa Verde

Río La Plata

Cottonwood Gulch

Florida

Río de la Florida

LA CUENCA
DEL SAN JUAN
Intervalo de curva de nivel 760 metros

Escala de Kilómetros

0          8          16

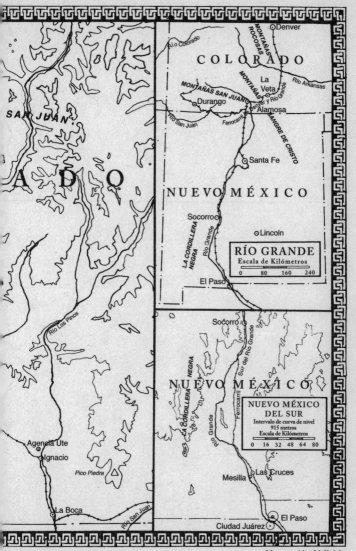

Mapa por Alan McKnight

# CAPÍTULO 1

ALGUIEN QUERÍA MATARLO.
Era la idea que tenía en la cabeza al abrir los ojos a la oscuridad de un espacio estrecho entre dos edificios. Sus ojos se enfocaron en un rectángulo de luz en la pared del edificio del frente, la luz de una ventana del segundo piso.

Desde esa ventana había caído.

Acostado, totalmente inmóvil, miraba fijamente al rectángulo de luz como si su vida dependiera de ello; sin embargo, tenía cada vez más clara en su conciencia la certeza de que la ventana ya no importaba.

Ahora, sólo una cosa era importante: escapar. Debía alejarse, huir, lo más rápido posible.

Sentía en su cráneo un dolor punzante, ese pulsar sordo y pesado que no le permitía concentrarse en ninguna otra cosa. Impulsado por una urgencia que no podía imaginar, levantó una mano hacia su rostro. Sintió una punzada repentina y transitoria en su brazo y luego tocó su rostro.

No sabía a quién pertenecían esas facciones. Muy suavemente, tocó su cráneo... Tenía sangre medio coagulada y una herida profunda en su cuero cabelludo. Su mano cayó entonces sobre su camisa, que se estaba acartonando por la sangre. Alguien había tratado de matarlo, y tenía la certeza de que lo intentarían de nuevo, y que no se darían por vencidos hasta verlo muerto. No tenía ningún otro recuerdo.

Con movimientos rígidos, giró la cabeza, primero en un sentido y luego en el otro. Hacia un lado, todo era oscuridad; hacia el otro, había luz... una calle.

Tenía conciencia de la presencia de movimientos leves provenientes de la oscuridad detrás de los edificios. Algo o alguien se arrastraba lentamente en la sombra, algún enemigo decidido a destruirlo.

Levantándose del piso con un gran esfuerzo, medio se dejó caer contra la pared del edificio que tenía detrás. Permaneció allí por un momento intentando hacer acopio de fuerzas. Porque debía escapar. Tenía que irse de allí.

Se llevó la mano a la cadera. Tenía la cartuchera de su pistola, pero estaba vacía. Se dejó caer de rodillas y buscó rápidamente a su alrededor sin encontrar nada. Entonces, su pistola debía de estar allá arriba, en esa habitación. Se le debió de haber caído o alguien se la debió de haber quitado antes de que cayera de la ventana.

Caminó en dirección a la calle sin fijar la mirada en ningún sitio específico. Podía escuchar música proveniente del edificio que tenía al lado, un murmullo de voces y luego risas contenidas.

Dando tumbos hacia la luz, se detuvo y miró atontado a la izquierda y a la derecha. La calle estaba desierta. Mareado por el dolor y el *shock,* se dirigió al otro lado de la calle hacia las sombras de un espacio entre los edificios que se encontraban a la diagonal del que acababa de dejar tras de sí.

No tenía la menor idea de adónde se dirigía, sólo sabía que debía alejarse; debía salir del pueblo. Más allá de los edificios por entre los que pasaba había dependencias en espacios abiertos y corrales, y unas pocas cabañas sin luz, y luego comenzó a caminar entre pastizales, por entre pasto muy alto.

Hizo una pausa y miró hacia atrás. Nadie lo venía siguiendo, entonces ¿por qué estaba tan seguro de que habría una persecución?

Siguió adelante, su cabeza embotada con el pulsante dolor, hasta que vio ante sí un sólo ojo rojo. Mirándolo fijamente, avanzó hacia esa luz roja. De pronto la tenía a su lado y su dedo gordo del pie tropezó contra el extremo de un riel.

A su izquierda, los rieles brillaban en la distancia en una inmensa oscuridad; a la derecha, conducían a una pequeña estación de ferrocarril. Había dado un paso vacilante en esa dirección cuando se detuvo de pronto, consciente de que sus enemigos seguramente lo buscarían allí.

Se detuvo, tambaleante, esforzándose por mantenerse de pie e intentando poner orden a sus ideas.

No sabía quién era. O qué era.

Sus dedos palparon su ropa. El saco le apretaba en los hombros y las mangas le quedaban un poco cortas, pero parecía ser de buen paño.

Miró hacia atrás, en dirección al pueblo, pero fuera de que era un pueblo muy pequeño, no le recordó nada. A lo largo de la calle había barras para amarrar las cabalgaduras, y había unos cuantos ponis parados allí. Por consiguiente, era un pueblo del oeste.

Oyó por segunda vez el silbato antes de comprender que venía un tren y que, si se quedaba donde estaba, se encontraría justo frente al faro de la locomotora. Se dejó caer en el pasto, justo a tiempo, mientras el tren avanzaba rápidamente en la oscuridad de la noche.

Un tren era un medio de huir, y el escape le daría la oportunidad de considerar, de determinar lo que debía de haber sucedido, de descubrir quién era y por qué lo perseguían.

Cuando el tren había pasado y se había detenido en la estación, él lo examinó con cuidado. Había al menos tres vagones de carga vacíos, con sus puertas abiertas invitándolo a subir. Sin embargo, mientras consideraba sus probabilidades de poder subir al vagón más cercano, oyó el galopar de caballos. Sin levantarse, giró su cuerpo sobre el pasto y vio un grupo de jinetes que avanzaba hacia el tren y se dividía en dos grupos para examinarlo de lado y lado, vagón por vagón, techo por techo, incluyendo las uniones entre los vagones.

Retrocedió lentamente entre el pasto, pero los podía oír hablar a medida que se acercaban.

—...una pérdida de tiempo. Estaba en muy mal estado, cubierto de sangre y tambaleante. Créanme que no es posible que haya podido llegar hasta la carrilera. Si no está escondido en algún lugar del pueblo, estará acostado en algún lugar distante entre el pasto, desangrándose hasta morir.

—Para ser un novato, era un hombre rudo.

—No estoy tan seguro de que lo fuera; es decir, de que fuera un novato. Ben Janish juró que lo había matado, ¿y alguna vez han visto que Ben falle? ¡Ese tipo debe tener un cráneo de hierro!

—¡No cabe duda de que está muerto! Muerto o agonizando.

Al llegar al último vagón, giraron y cabalgaron a paso lento a todo lo largo del tren. Habían avanzado ya unos doce metros cuando sonó de nuevo el silbato. Levantándose, Noon corrió hacia el vagón vacío más cercano. Uno de los jinetes comenzó a moverse en su silla para mirar hacia atrás, por lo que decidió cambiar de dirección y saltó hacia la escalera trasera para impulsarse entre dos vagones y evitar ser visto.

Sólo le quedaba un momento antes de que los vagones lo llevaran a las luces de la estación, y subió por la escalera y se acostó junto a la pasarela, con un brazo sobre la barandilla para sostenerse.

El tren se sacudió, comenzó a andar, se sacudió de nuevo y fue aumentando la velocidad. Él permanecía acostado mientras su corazón latía fuertemente. ¿Habría alguien en el vagón de cola? ¿Lo habrían visto por entre las ventanillas?

El silbato del tren sonó de nuevo, los vagones rodaban sobre los rieles con su característico martilleo y adquirían cada vez más velocidad. Siempre acostado, fue arrastrándose lentamente, hasta quedar justo encima de la puerta del vagón vacío.

¿Se atrevería a dejarse descolgar por un lado para impulsarse luego por la puerta? Si caía, caería más allá de los rieles, pero podría romperse una pierna o desnucarse. El tren avanzaba ya a gran velocidad, las luces de la estación habían desaparecido y pronto el guardafrenos recorrería la pasarela vigilando el tren.

Arrastrándose lentamente por el techo del vagón, miró hacia abajo. Ahí estaba la puerta, abierta e invitándolo a entrar. Giró su cuerpo y se agarró con los dedos a las ranuras entre los tablones del techo. Bajó primero una pierna, luego la otra, sosteniéndose sólo con las puntas de los dedos. Bajó su cuerpo, movió sus manos una a la vez para agarrarse al borde del techo del vagón y luego impulsó su cuerpo al interior del vagón y se soltó.

Cayó al piso del vagón con los brazos y las piernas separadas y permaneció allí inmóvil procurando recobrar el aliento. Después de un largo rato, se levantó y avanzó tambaleante hacia la puerta. Recostando su hombro contra la pared del vagón al lado de la puerta, miró hacia afuera, hacia la oscuridad de la noche. Había estrellas, y la noche estaba fresca, con una suave brisa que soplaba desde los matorrales de salvia.

Intentó pensar. ¿Quién era él? ¿Un fugitivo huyendo de la justicia?

O, por el contrario, ¿eran esos hombres que habían tratado de encontrarlo forajidos que deseaban matarlo por algo que él sabía? ¿O por algo que tenía?

Agobiado por el cansancio, se sentó, recostado contra la pared, su cuerpo sin fuerza, totalmente vacío y enfermo. Pero se obligó a pensar.

Ben Janish... al menos se acordaba de un nombre. Ben Janish había sido enviado para matarlo, y Janish generalmente no fallaba. Esto significaba que Janish era experto en la materia y podía haber matado antes. Se habían referido a él como un hombre con una reputación. Por lo tanto, no debería de ser demasiado difícil encontrar a Ben Janish y, al mismo tiempo, descubrir quién era él mismo.

Pero si Ben Janish había sido enviado para matarlo, ¿quién lo había enviado? Habían dicho que era un novato, lo cual implicaba que era nuevo en el oeste. De ser así, ¿a qué había venido al oeste? ¿Y de dónde había venido? ¿Tenía familia? ¿Era casado o soltero?

Bien, tenía una pista. Debía descubrir quién era Ben Janish y dónde estaba él.

No tenía espejo y, por lo tanto, no tenía la menor idea de su apariencia. Era evidente que era alto, y al palpar sus bíceps, le tranquilizó ver que era un hombre excepcionalmente fuerte. Podía ser un novato, pero no era ningún alfeñique.

Metió las manos en los bolsillos de sus pantalones. De uno de ellos sacó una pequeña bolsa que resultó contener diez águilas de oro y algunas monedas de distintas denominaciones. También había un fajo pequeño pero apretado de billetes verdes, pero no se tomó el tiempo de contarlos.

En el otro bolsillo encontró una sólida navaja de mango resistente, un pañuelo blanco, una caja de fósforos impermeable, una madeja de cuerda de cuero y un llavero con tres llaves.

Los bolsillos de los lados de su saco estaban totalmente vacíos, pero en el bolsillo de adentro encontró una especie de documento legal y dos cartas.

Las cartas estaban dirigidas a *Dean Cullane, El Paso, Texas*. ¿Ese sería él?

Pronunció el nombre en voz alta, pero no le trajo ningún recuerdo.

Estaba demasiado oscuro para poder leer algo más que la dirección en las cartas, y las volvió a guardar en su bolsillo esperando que hubiera más luz.

—Bien, Dean Cullane, si ese es tu nombre, para un

hombre con tanto dinero, tienes, sin duda, un sastre muy malo.

El Paso... repitió el nombre pero no le decía nada. Sin embargo, era su segunda pista. Iría a El Paso, iría a la casa de Dean Cullane y vería si alguien lo reconocía allí.

Sin embargo..., ¿se atrevería a hacerlo?

En algún punto de su tortuosa línea de pensamiento, se quedó dormido, pero despertó cuando una mano brusca lo tomó por el hombro.

—Señor —la voz era baja pero ansiosa—, no me golpee. Soy un amigo y, a juzgar por las apariencias de la multitud que espera calle arriba, usted necesita uno.

Se puso de pie, con la mente despejada por la sorpresa. El tren aún estaba en marcha, las luces destellaban a su paso por entre las puertas y estaban entrando a un pueblo.

—¿De qué se trata? —preguntó—. ¿Qué sucede?

—Hay una gran multitud calle arriba, señor, y tienen un lazo. Se están preparando para ahorcarlo.

—¿Ahorcarme? ¿Por qué?

—¡No se quede ahí parado haciendo preguntas! Cuando pasemos por el tanque de agua, salte y corra. —El hombre señaló hacia un edificio oscuro y grande—. Hay una brecha entre ese edificio y el corral. Puede correr por ella. Al final del corral hay unos matorrales, y justo después de la esquina del corral hay un sendero que atraviesa el lecho seco de un río. Siga hacia arriba por ese lecho seco de río hacia las montañas, y si puede correr, es mejor que lo haga. No deje el lecho seco del río hasta que vea una gran roca, de color medio verdoso, si hay lo suficiente luz para ver. Cuando llegue a esa roca, gire en ángulo agudo a la derecha y suba por la ladera. Hay un camino... sígalo.

El tren comenzaba a reducir la velocidad y, de pronto, el hombre que estaba a su lado salió corriendo y desapareció en la noche. En un instante, él hizo otro tanto. Inclusive, al hacerlo, se maravilló de la facilidad, aparentemente habitual, con la que lo hizo. Podía no tener memoria, pero sus músculos no habían olvidado los patrones aprendidos.

El tanque de agua goteaba en la tierra y, al pasar por allí, percibió un agradable olor a humedad. Por un instante, fue consciente de que caminaba sobre cenizas, que olía al humo de carbón de la locomotora y que salía vapor del tubo de escape.

Vio el enorme granero, los corrales cercanos, y corrió al espacio que había entre ellos, estirando sus largas piernas y avanzando a toda velocidad. La noche permanecía fresca. Percibía el olor del heno recién cortado y del estiércol de los establos, y llegó así a la esquina del corral.

Detrás de él había hombres gritando: —¡Revisen el tren! ¡No dejen que se escape!

Se agachó para pasar por una abertura oscura en los matorrales y muy pronto se encontró al otro lado y en la arena del lecho seco de río. Redujo la velocidad de su carrera por las dificultades del terreno, pero siguió avanzando mientras su corazón latía tan fuerte que se asustó. Entonces, dejó de correr, y avanzó caminando y trotando. Para alguien que había recibido un fuerte golpe en la cabeza y que hacía apenas poco tiempo estaba extenuado, parecía tener una sorprendente resistencia.

Siguió avanzando. Pudo ver delante de él la enorme roca, e hizo el giro indicado y subió por la ladera. Casi de inmediato se encontró en un camino que avanzaba paralelo al lecho seco de río pero a unos tres metros más arriba de este, haciendo un ángulo ladera arriba pero oculto a la vista por los matorrales.

El camino descendía hacia una pequeña quebrada. Se arrodilló y bebió un poco de agua, y después, como allí terminaba el sendero y no se veía otra forma de avanzar, caminó aguas arriba por entre la quebrada. Habría caminado apenas unos veinte metros cuando una llamada en voz baja lo detuvo.

—¡Aquí arriba!

Giró y subió por las rocas, donde su desconocido amigo esperaba de pie.

Sin decir una palabra, el hombre dio la vuelta y se abrió camino por un estrecho pasaje entre las rocas, siguió un sendero por unos treinta metros y luego se agachó para pasar bajo unos matorrales y unas enormes rocas. Entró por otro pasaje estrecho a una enorme cueva formada por enormes rocas areniscas que habían caído unas contra otras.

Una pila de leña contra una pared indicaba que el lugar había sido preparado de antemano, y había un fogón armado con piedras que tenía ceniza ennegrecida y el carbón de otros fuegos.

El extraño tomó leña y comenzó a encender una hoguera.

—¿No podrán oler el humo?

—No es muy probable. A excepción del camino por donde vinimos, no hay forma de acercarse a caballo a sesenta metros de aquí, y usted sabe que ningún vaquero está dispuesto a caminar a menos que lo obliguen. Este escondite ha sido utilizado por cuarenta años o más, y nadie lo conoce.

Después, desde alguna fuente de conocimiento desconocida, dijo: —Esperemos que ningún forajido se haya pasado al bando de quienes trabajan por la ley y el orden. A veces ocurre eso.

El hombre ya había logrado encender su hoguera. Se puso de pie, limpiándose las manos en los jeans. —Podría ser —aceptó. Observó con curiosidad a su compañero—. Me llamo Rimes, J. B. Rimes —le dijo.

Ahora había apenas luz suficiente para verlo. Rimes era delgado, aunque musculoso, con el pelo color arena. Sus ojos azules eran fríos y penetrantes. Era evidente que esperaba que su nombre hubiera provocado una respuesta, pero al no recibir respuesta alguna, lo miró de forma extraña, volvió al rincón y regresó con una cafetera y dos tazas...

—Usted tiene que ser alguien, para que estén tan agitados —decía Rimes—. No he visto tanta acción en este pueblo desde la última incursión de los pieles rojas... hace varios años.

No respondió nada porque no tenía nada que decir. La cabeza le pulsaba con un dolor sordo, y la reacción de su desaforada carrera comenzaba a manifestarse. Estaba exhausto y le dolían todos los huesos, pero permanecía en guardia. No sabía quién era este hombre que se había hecho amigo suyo, ni la razón que lo había llevado a eso. Estaba agradecido, pero con cierta dosis de cinismo. ¿Qué quería este hombre? ¿Quién era J. B. Rimes?

—¿Por qué lo buscan? —preguntó Rimes.

—Realmente no importa —dijo. ¿Cómo podía

explicar que no sabía por qué lo buscaban—? Imagino que me encontré en el lugar equivocado en el momento inoportuno.

—Eso es asunto suyo. ¿Tiene nombre?

—Llámeme Jonás. Y gracias por su ayuda.

—Ni lo mencione. Tenga, beba un poco de café mientras le examino esa herida.

Con los dedos le examinó la herida de la cabeza.

—Tampoco sé con qué fue hecha, si fue una bala... o fue por la caída.

—Fue una bala —dijo Rimes—. Alguien le hizo un rayón.

Fue al rincón de donde había traído la cafetera y llegó con una palangana. Luego fue a un rincón en las rocas y la llenó de agua.

De pronto, el hombre que se había dado a sí mismo el nombre de Jonás sintió miedo. Pensó que debía de haber perdido el conocimiento por uno o dos minutos. Rimes debió de haber ido a conseguir agua para hacer el café... y luego no recordaba nada. Sabía que le dolía la cabeza, recordaba que Rimes había traído la cafetera... De pronto sintió frío.

¿Rimes se habría dado cuenta? ¿Le volvería a ocurrir? ¿Fue sólo por agotamiento, o había algo mal en su cabeza?

—Extraña herida —dijo Rimes—. Parece que alguien hubiera estado esperándolo.

—¿Por qué lo dice?

—Le disparó desde arriba. Debe de haber estado en una ventana o un balcón de un piso superior... tal vez sobre un tejado.

—¿Por qué no desde unas rocas?

—Le dispararon en un pueblo.

Jonás estaba muy consciente de su cartuchera vacía.

—¿Cómo lo supo?

Rimes lo miró con sus fríos ojos azules que no revelaban nada.

—Porque salió del pueblo tambaleando y cayéndose. Yo lo vi venir.

—¿Estaba usted en la estación?

Rimes se rió.

—Ni modo. No, estaba sentado en el pasto alto, al igual que usted, y tan preocupado como usted por evitar que alguien me viera.

Rimes estaba limpiándole la herida con un paño húmedo.

—La herida llega hasta el hueso. Aparentemente, lo alcanzó a raspar un poco. —Enjuagó el paño—. Parece que lo tenían en la mira, muchacho. Después de dispararle una vez, le volvieron a disparar.

—¿Por qué lo dice?

—Tiene una cicatriz ya vieja en su cráneo. Aparentemente, alguien lo golpeó antes en la cabeza, en un momento u otro. Esta bala rozó su cráneo como si alguien le hubiera apuntado directamente.

¿Una cicatriz vieja? Es probable que tuviera muchas. No tenía la menor idea de cuál podía ser su apariencia, menos aún de las cicatrices que podía tener en su cuerpo.

—Jonás… ese no es un nombre común —comentó Rimes.

—Tal vez por eso lo uso.

—Una razón tan válida como cualquier otra. —Rimes se puso de cuclillas, sentado sobre sus talones, mientras atizaba el fuego—. Quienquiera que le haya disparado no quería ser visto. Imaginó que usted podría ser un hombre bastante peligroso.

—Lo dudo.

—Es lógico. Hay muchos hombres corriendo por ahí que le dispararían a usted por cincuenta dólares, le buscarían pelea y lo harían parecer como algo justo y honesto para que los testigos pudieran jurar que se había tratado de una pelea justa; de modo que si trataron de emboscarlo lo hicieron porque imaginaron que usted devolvería el disparo, y con gran velocidad.

No respondió. El café sabía bien y, cuando Rimes empezó a freír tocino, su estómago empezó a hacer ruidos. Se movió intranquilo.

—Esa cartuchera vacía me preocupa —dijo Rimes.

—Caí de una ventana, eso creo. Debo de haber perdido la pistola al caer, o uno o dos minutos antes de hacerlo.

—¿No lo recuerda?

—No.

Pasado un momento, Rimes dijo: —Puedo darle una pistola. Un hombre en su situación debe estar bien prevenido.

Rimes volvió de nuevo a la cavidad en la pared de la cueva y volvió con una Colt y una caja de cartuchos. Le lanzó la pistola a Jonás, quien la atrapó hábilmente e hizo girar el cilindro para confirmar la carga, luego la enfundó en la cartuchera.

—Bien —dijo Rimes en tono seco—. Se ve que ya ha utilizado una pistola. —Le entregó la caja de cartuchos—. Es posible que los necesite. Veo que tiene algunos proveedores vacíos.

—Gracias.

La pistola era nueva, modelo Frontier, y su peso se sentía bien en su cadera.

—Usted confía en mí —comentó Jonás.

Los ojos de Rimes se arrugaron en los cantos externos.

—Usted me necesita —le dijo—. Y yo no lo necesito a usted.

—¿De veras?

—Porque, señor Jonás quienquiera que sea, está improvisando sobre la marcha. No sabe hacia dónde ir. No sabe quiénes son sus enemigos, ni siquiera sabe si tiene amigos ni dónde encontrarlos si es que existen. Necesita sacarme información hasta que pueda saber dónde está. Usted es un hombre perdido, Jonás. He estado observando y escuchando. Jamás había visto un hombre tan atento a cualquier palabra que pudiera servirle de pista, ni tan nervioso ante el menor ruido. Todo lo que dice o hace, lo hace como si esperara que le fuera a estallar en la cara.

—Y, suponiendo que estuviera en lo cierto, ¿qué pasaría entonces?

Rimes se encogió de hombros.

—Me importa un carajo. Sólo comentaba y, en cuanto a sacarme información, adelante, pregunte lo que quiera. Le ayudaré en todo lo que esté a mi alcance. Después de todo, usted me ayudaría a mí.

—¿Cree que lo haría?

Rimes esbozó una leve sonrisa. —Bueno, ¿cómo habría de saberlo? Tal vez no lo haría.

Comieron el tocino tomándolo directamente de la sartén con los dedos.

—¿Qué hará? —preguntó Rimes. Se interesaba por

este hombre que tenía problemas como pocos encontrarían y, como alguien que se interesa por los acertijos, sentía curiosidad de saber lo que Jonás haría a continuación.

—Buscar las piezas e intentar ensamblarlas.

—Alguien quiso matarlo. Aún lo quieren ver muerto. Me parece que corre un gran riesgo al intentar encontrar esas piezas. El primer hombre que encuentre puede ser uno de los que lo buscan para matarlo.

—¿Qué me dice de usted? —preguntó Jonás.

—Yo espero. En unos minutos subiré allá y pondré una señal. El sol brillará sobre ella y la podrán leer desde el otro lado del valle. Entonces vendrán a buscarme.

—¿Y cuando lleguemos adonde vamos?

Rimes sonrió con una mueca delgada.

—Bien, es posible que allí haya alguien que lo conozca. Sólo por casualidad. —Su sonrisa se hizo más amplia—. Por eso le di la pistola.

# CAPÍTULO 2

L A SEGUNDA MAÑANA abrió los ojos y vio una pequeña banda de sol que entraba a través del buitrón, que no era más que una simple grieta en la roca encima de donde estaba el fuego. Le preocupó que el humo pudiera ser visto hasta que Rimes le dijo que estaba cubierto por matorrales y por un cedro que crecía inclinado sobre el orificio. El humo que salía por ahí se desvanecía por entre el follaje.

Rimes dormía.

Durante varios minutos, el hombre que decía llamarse Jonás permaneció totalmente inmóvil, mirando al techo de la cueva. Se sentía intranquilo y nervioso. Estaba demasiado cerca de sus enemigos, quienesquiera que fueran.

El día de descanso y de pensar acerca de su problema no le había permitido encontrar una solución. No recordaba nada de su pasado. No sabía quién era, ni de dónde había venido, ni lo que, supuestamente, debía estar haciendo allí.

Bien, la solución a este interrogante parecía ser bastante simple. Tendría que descubrir ante todo cuál era su identidad, y a partir de ahí podría saber todo lo que necesitaba. O por lo menos eso esperaba.

Rimes había hecho el siguiente comentario al respecto.

—Una vez conocí a un luchador muy rudo que perdió la memoria y tardó siete u ocho meses en saber dónde estaba o quién era. Pero también he oído de otros que se recuperaron muy pronto. Y también ha habido algunos —agregó con astucia—, que pudieron recordar pero no quisieron que nadie lo supiera.

—Ese no es mi caso.

—Usted debe encajar en algún lugar. —Rimes estaba intrigado—. Claro está, que no he vuelto a estar en contacto con nadie, y no conozco ningún otro grupo de forajidos que opere en esta región a excepción del nuestro; y, si hubiera una guerra abierta, imagino que ya lo sabría. Usted viste como un hombre de ciudad, pero tengo la impresión de que no pertenece a la ciudad. Es posible que sea un jugador que haya matado a algún ciudadano allá lejos, pero eso no concordaría con el hecho de que lo hayan emboscado y le hayan disparado, si eso fue lo que ocurrió.

Había encendido su pipa con un chamizo que había tomado del fuego. —¿Qué piensa hacer ahora? —le preguntó.

Jonás estaba indeciso y se preguntaba qué tanto debía contar; pero este hombre le había ayudado y parecía realmente preocupado.

—¿Alguna vez oyó hablar de un hombre llamado Dean Cullane? —le preguntó.

Rimes tenía fijos los ojos en su pipa. Cuando alzó la vista, sus ojos eran inexpresivos, demasiado inexpresivos.

—No puedo decir que haya oído mencionar ese nombre.

—¿O a alguien llamado Ben Janish?

—Todo el mundo conoce a Janish. —Rimes aspiró

su pipa y dejó caer el chamizo en el fuego—. Me parece que empieza a recordar algunas cosas.

—No, los oí hablar allá atrás cerca de la carrilera. Probablemente no tenga ninguna relación.

Ahora, acostado de espaldas en la cueva, pensaba en esa conversación. ¿Conocía Rimes el nombre de Cullane? De ser así, ¿por qué lo había ocultado?

Entre más pensaba Jonás en su situación, más deseaba estar solo. Necesitaba irse lejos, a algún lugar tranquilo donde pudiera recuperar algunos recuerdos sin arriesgar su cuello ante la posibilidad de encontrarse con enemigos desconocidos.

Necesitaba tiempo para pensar, para hacer planes, tiempo para recordar. Rimes no le había explicado nada. No le había dicho dónde estaban ni hacia dónde se dirigían; sólo le había dado indicios de que podría encontrar un enemigo ahí... o en cualquier parte.

¿Era Rimes realmente su amigo? O ¿estaba tratando de sacarle alguna información, algún plan, algún secreto? ¿Por qué había estado Rimes allí en forma tan oportuna? Claro está que eso podía ocurrir. Muchos hombres viajaban en trenes de carga, y era bastante lógico que se ayudaran unos a otros.

Rimes no era un jovencito. Era un hombre muy experimentado. Los consejos que le había dado a Jonás eran buenos: "No diga nada a nadie. Diga que tuvo un encuentro con la ley, y no dé más información. Conociendo a las personas, pueden ser extremadamente curiosas, pero yo, en su lugar, no les diría nada... absolutamente nada".

Rimes lo había guiado hacia arriba por la empinada y tortuosa escalera, en parte natural, y en parte hecha a mano, hasta donde se encontraban los espejos que formaban la señal en la ladera de la montaña.

Abajo, el valle era relativamente plano, de tierra semiárida, con colinas salpicadas de cedros, y la parte baja estaba casi totalmente cubierta de arbustos de salvia. Más allá había una cadena de pequeñas montañas, realmente lomas bajas e irregulares, cortadas por cañones y acantilados.

—Hay cincuenta senderos que llevan a esas lomas —comentó Rimes—, y la mayoría de ellos simplemente forman un círculo, o no llevan a ninguna parte.

Jonás levantó sus manos y las observó. ¿Qué habían hecho? ¿Por qué habían tratado de matarlo? ¿Por qué lo seguían buscando? ¿Esas manos habían matado a alguien? ¿O habían servido algún buen propósito? ¿Eran las manos de un médico, de un abogado, de un trabajador o de un vaquero? ¿Habían utilizado un martillo o un hacha? Era evidente que eran manos fuertes.

Se recostó de nuevo y cerró los ojos. Tal vez nunca llegara a descubrir su identidad. Era posible que la primera persona que encontrara le disparara; y, si se veía obligado a pelearse con alguien, ¿qué haría? ¿Qué clase de hombre era?

El golpe en la cabeza había borrado la pizarra de su memoria, entonces ¿por qué no irse ahora? ¿Por qué no irse muy lejos y comenzar de nuevo?

Sin embargo, ¿cómo podía estar seguro de que alguna parte de su memoria, ahora en su subconsciente, no podría llevarlo de vuelta al escenario de su problema? ¿Cómo podía distanciarse lo suficiente si no sabía qué dirección tomar? Sus enemigos podían estar en cualquier parte. Lo que tenía que hacer ahora era descubrir quién y qué era.

Se levantó, se puso las botas y tiró de ellas hasta que le calzaron bien. Se amarró el cinturón con la cartuchera y la pistola y estiró la mano para alcanzar su sombrero.

—Bien —dijo Rimes—, no es un vaquero. Un vaquero siempre se pone primero el sombrero. —Rimes echó las mantas a un lado—. Suba al mirador a ver si hay alguien a la vista. Yo prepararé el desayuno.

La mañana era clara y brillante del lado este de la montaña. Miró hacia el otro lado del valle, detectó una pequeña nube de polvo, miró en dirección opuesta y volvió a mirar al mismo sitio. La nube de polvo continuaba allí, avanzando hacia él.

Rimes subió a mirar.

—Les tomará aproximadamente una hora llegar aquí por el camino por el que tienen que venir —dijo—. Colguémonos la bolsa de forraje.

Mientras comían, Rimes le dio algunas explicaciones.

—El lugar a donde nos dirigimos es un rancho de propiedad de una muchacha cuyo padre murió hace poco. Su nombre es Fan Davidge. Su capataz es Arch Billing. Son buenas personas.

—¿Manejan una guarida de forajidos?

—Es una larga historia. Ha llegado a un punto en donde ya no lo pueden controlar. Arch Billing es un gran hombre, pero no es un buen pistolero.

—¿No tienen personal?

—El único hombre que queda ya es viejo. Los forajidos hacen el trabajo del rancho, y lo hacen muy bien.

Entre los dos recogieron todo, lavaron la sartén y la cafetera y los guardaron en el receso de la pared. Para cuando llegaron a la ladera de la montaña podían ver una carreta, a sólo dos kilómetros de distancia más o menos, que se aproximaba a un acelerado trote.

Había al menos dos personas en la carreta. Rimes la miró a través de sus binoculares.

—La que viene es Fan Davidge. Déjela en paz.

—¿Es la mujer de alguien?

—No... pero alguien ha pedido su mano.

—¿Quién?

Habían empezado a bajar por la ladera y avanzaron seis pasos antes de que Rimes respondiera: —Ben Janish.

—¿Es el semental del bosque en esta región?

—De eso puede estar seguro, y no lo olvide, ni por un minuto. No estará en casa ahora, pero Dave Cherry sí estará, y es casi tan malo como él. Si los disgusta, no vivirá un minuto.

El hombre que se llamaba a sí mismo Jonás pensó en eso. Después de un rato, dijo: —Por alguna razón, no me preocupa. Me he analizado y no he encontrado temor en mí, pero le puedo decir algo. No recuerdo nada, aunque, como ya se lo he dicho, oí mencionar el nombre de Ben Janish.

—¿Y?

—Fue el hombre que me disparó. Me estaba persiguiendo.

Rimes lo miró fijamente.

—¿Quiere decir que Ben Janish le disparó y *falló*?

—No falló. Simplemente, no apuntó a matar. Rimes, mejor déjeme aquí. No sé por qué me busca

Ben Janish. No tengo la menor idea, excepto que alguien debe de haberle pagado para que me mate. Ahora sería el peor de los tontos si cabalgara directo hacia su guarida ¿No le parece?

La carreta traqueaba sobre el terreno desierto salpicado de rocas y se detuvo frente a ellas. El polvo frotó hacia atrás y empezó a depositarse en el suelo, y J. B. Rimes caminó hacia Arch Billing para saludarlo. Jonás no miraba a Arch, sino más allá, a Fan Davidge.

—Queda poco tiempo —dijo Billing—. Monten al carro, muchachos.

—Sólo irá uno de nosotros, yo... —comenzó a decir Rimes.

—Seremos dos, Rimes. Yo también voy.

Rimes lo miró brevemente, y luego miró a Fan.

—Su funeral —le dijo, y señaló la pila de mantas en la parte posterior del carro—. Suba, entonces. Pero será mejor que sepa manejar bien esa pistola.

La carreta arrancó y avanzaron a trote rápido. Era evidente que Billing no deseaba permanecer mucho tiempo en el área. Su presencia en un lugar tan solitario sería difícil de explicar, tan lejos como estaban de cualquier sendero razonable.

Al cabo de unos pocos minutos, Rimes preguntó:
—Arch, ¿está Ben en el valle?

—No. Hace un par de semanas que no viene. Imagino que está en El Paso.

*El Paso... la ciudad de Dean Cullane.*

El hombre que decía llamarse Jonás, y que podía ser Dean Cullane, se puso una manta sobre los hombros, porque el viento era frío. No sabía quién era, ni a dónde iba, pero ahora sabía por qué. Iba al rancho porque allí vivía una muchacha.

Una muchacha llamada Fan... que apenas había puesto sus ojos unos segundos en él.

Era un tonto.

# CAPÍTULO 3

SE TOCÓ LA cara con la mano. No se había afeitado, claro está, pero sintió un mentón fuerte, unos pómulos altos. Tenía mucho dinero en los bolsillos que no tenía idea de dónde provenía, y había cartas y documentos legales que no había tenido la oportunidad de examinar en privado.

El carro había empezado a atravesar el valle, pero al llegar a un lecho de río seco y arenoso, bajó hacia él girando en ángulo recto. Avanzaba a menor velocidad por el lecho seco de río, pero Jonás pensó que no serían vistos debido a los altos bancos a lado y lado.

Nadie hablaba. Cada uno de los ocupantes de la carreta parecía estar embebido en sus pensamientos, y esto le dio tiempo a Jonás para evaluar su posición.

Sabía que era un hombre perseguido, buscado ya fuera por la ley o por alguna persona con poder. El hecho de que Ben Janish, quien suponía que era un forajido y un pistolero, hubiera sido contratado para matarlo hacía que no fuera probable que lo estuvieran buscando los hombres de la ley. El que un hombre como lo que parecía ser Ben Janish hubiera sido contratado para esa tarea lo hacía suponer que él era conocido como un hombre peligroso.

Ahora tenía una barba de tres días y podría ser buena idea dejársela crecer. Podría ayudar a ocultar sus rasgos de aquellas personas que lo conocían, al menos hasta que él supiera quiénes eran.

Se detuvieron varias veces para que los caballos descansaran, prosiguiendo después su camino. Era ya casi de noche cuando llegaron a un pequeño nacedero y se bajaron del carro entumecidos, estirando sus músculos y sacudiéndose el polvo que habían acumulado en el camino.

Arch Billing ayudó a bajar a Fan Davidge, quien se dirigió a una roca al borde del agua y con una pequeña taza de lata recogió un poco de agua para beber.

Rimes empezó a encender una pequeña hoguera, y luego, sacando los implementos de la carreta, preparó café.

Jonás se sentó sobre una piedra, apartado de los demás. El aire era frío, y comenzaron a unirse las sombras en las entradas de las montañas. Oyó el canto de una codorniz... ¿Una codorniz, o un indio? No hubo eco, ningún sonido posterior, y supo que no era un indio.

¿Cómo lo supo? Aparentemente, lo único que no recordaba era su nombre, su historia y las realidades de su vida. Los hábitos, los instintos, las reacciones enraizadas en su ser permanecían con él.

Fan Davidge lo miró de reojo, con una leve curiosidad. Por lo general, los hombres deseaban entablar conversación con ella, pero este se mostraba desinteresado. Tenía una especie de dignidad innata, y no parecía ser como los demás.

Era delgado, pero de hombros anchos, y totalmente enigmático, con más apariencia de académico que de hombre del oeste; sus movimientos tenían la elegancia de un gato.

Ella fijó sus ojos después en J. B. Nadie estaba más enterado que él de lo que estaba ocurriendo. No había dado ninguna explicación, fuera de informar que el hombre se llamaba Jonás. Ahora se dirigía a donde se encontraba sentado Jonás.

Rimes hablaba en voz baja, pero la noche estaba despejada, y en el desierto el sonido se difunde con facilidad. Alcanzaba a entender vagamente las palabras.

—Si quiere irse, puedo conseguirle un caballo.

—Voy con usted.

—Mire, si Janish está allí…

—Entonces obtendré algunas respuestas, ¿no es cierto?

—Vea, señor, no lo conozco, pero me agrada. No quisiera verlo caer en una trampa.

No hubo respuesta, y, pasados unos minutos, Rimes dijo: —No crea que no sé por qué se está arriesgando así, pero va a perder su tiempo.

—Me dio la impresión de que ella tiene problemas.

Rimes permaneció en silencio por unos minutos.

—Deje las cosas así. Sólo se meterá en un callejón sin salida.

—Acabo de salir de uno.

—Todavía no ha salido. Le falta mucho. Sólo desearía saber…

—Pero no lo sabe, y yo tampoco lo sé.

—Bien —dijo Rimes después de otra pausa—, hay dos o tres de ellos de los que es mejor que se mantenga apartado. Dave Cherry… ese hombre es un problema. Lo mismo puede decirse de John Lang. Y habrá otros, luego es mejor que tenga cuidado.

Le dolía la cabeza y estaba cansado; y continuaba con su actitud distante. Pensaba en la noche que comenzaba a caer y estaba atento a los más leves ruidos, al olor del café, a la tocineta que estaba en el sartén, al olor de los leños de cedro ardiendo y al olor de los arbustos de salvia. Se levantó y dio unos cuantos pasos, se sentía mareado y vacío, rodeado de peligros desconocidos.

Oyó el sonido de pisadas suaves a su espalda. Era Fan Davidge.

—Permítame... lo han herido —le dijo—. Es mejor que beba esto. —Le alcanzó una taza de café.

—Gracias. —La miró directo a los ojos y le gustó lo que vio. Tomó la taza de café y, cuando vio que se quedaba con él, le dijo—: No quiero interrumpir su comida.

—Usted también debería comer.

Pero ninguno de los dos se movió, y, por fin, él dijo: —Me gusta la penumbra de la tarde, pero dura poco tiempo en el desierto.

—¿Quién es usted, Jonás? ¿Qué es usted? —le preguntó ella.

—No lo sé. —La miró por encima de su taza—. Me temo que soy algo de lo que no debería estar orgulloso, pero no sé qué soy.

—¿Qué significa eso?

Él tocó su herida.

—Que... desde que me ocurrió esto, no puedo recordar nada. Todo lo que sé es que alguien intentó matarme.

—¿No sabe quién?

—Fue Ben Janish, pero no sé por qué.

—¡*Ben Janish*! Pero ¡entonces no debe ir al rancho! Es posible que esté allí ahora mismo.

Él se encogió de hombros.

—Un hombre debe hacer lo que debe hacer.

—¡Pero eso es una locura! Es decir...

—Hay dos razones, supongo. No tenía adónde ir, y Rimes sugirió el rancho. Además, está usted.

—¿*Yo*?

—Parecía tener problemas.

Ella lo miró.

—Usted ya tiene suficientes problemas. —Luego agregó—: Soy la dueña del Rafter D.

¡*Rafter D!* De pronto sintió como si un rayo de luz hubiera perforado la oscuridad de su cerebro. Conocía esa marca..., pero ¿de dónde? ¿Cómo?

En su conciencia se formó una idea. *Cuatro que hay que matar... cuatro hombres y una mujer.*

¿Matarlos? ¿Quién los mataría? ¿Y por qué razón?

—¿No sabía que venía al Rafter D? —le preguntó ella.

—No lo pregunté.

Caminaron de nuevo hacia la hoguera, y él se sirvió otra taza da café, a la vez que aceptaba un plato de comida. Su dolor de cabeza era ahora un dolor sordo, y parecía que la rigidez estaba abandonando sus músculos, pero aún se sentía cansado e irritable. Los demás estaban sentados hablando de distintos temas. Parecían estar esperando a alguien o algo.

Sabía lo que le molestaba. Estaba asustado. No

tenía miedo de ningún hombre ni de varios juntos, sino de descubrir quién y qué era. Le habría gustado alejarse en la noche y dejarlo todo tras de sí... todo con excepción de Fan Davidge.

No quería dejarla, y eso lo hacía pensar que era un tonto, algo más que un tonto por estarse enamorando —si de eso se trataba— de una muchacha que escasamente conocía y a quien el hombre más peligroso de los alrededores había pedido en matrimonio. ¿Cuál sería la razón por la que eso no lo preocupaba?

Fue hasta el nacedero de agua y lavó sus platos, poniéndolos de nuevo en la carreta. Arch Billing estaba de pie cerca de los caballos fumando su pipa. Rimes dormitaba.

Jonás oyó un ruido más tenue que un susurro... aguzó el oído... lo escuchó de nuevo.

—Viene alguien —dijo.

Rimes abrió los ojos, escuchó y dijo: —Los oigo.

Eran dos jinetes y llegaron hasta el borde del área iluminada por la hoguera. Era muy poco lo que podía ver de sus rostros, pero la luz de las llamas se movía y jugueteaba en las patas y los pechos de los caballos, y vio que uno de los jinetes tenía espuelas mexicanas.

—¿Quién es él? —preguntó el hombre, mientras miraba a Jonás.

—Está huyendo —respondió Billing—. Vino con J. B.

Rimes dio un paso hacia la luz.

—Lo venían persiguiendo allá atrás los hombres de la ley.

—No me gusta eso. No me gusta él. —El hombre que hablaba era grande, huesudo, con un bigote de morsa color arena.

—Me importa un carajo lo que le guste. —Estas palabras venían de Rimes—. No le he pedido nada, y no hay nada que me pueda dar.

El hombre a caballo pareció sorprendido, y su expresión se tornó tensa.

—Todos ustedes suban a la carreta y adelántense —dijo—. Dejaremos a este tipo aquí.

—Oiga, Lang —dijo Rimes—. Yo...

—Gracias, J. B. —interrumpió Jonás. De pronto sintió frío en su interior, y lo invadió una desagradable sensación—. Nadie tiene que hablar por mí. Si Lang quiere formar un problema al respecto, puede morir aquí tan fácil como puede morir más tarde.

Repentinamente, John Lang sintió que debía cuidarse. Por primera vez miró directamente al extraño. Para un hombre de ciudad, refinado, este estaba llevando las cosas demasiado lejos. Había habido rumores de asesinos a sueldo enviados a infiltrarse entre los bandidos buscados por la justicia, simplemente para matar.

—Nadie habló de morir excepto usted, señor —dijo Lang—. Sólo dije que lo dejaríamos aquí. No lo conocemos.

—Tampoco yo los conozco, pero estoy dispuesto a ir con ustedes.

—Sin embargo, lo dejaremos aquí.

—No.

Era Fan que había hablado, en voz baja pero con autoridad.

—Este hombre está herido. Necesita reposo y recibir tratamiento. Vendrá al rancho con nosotros.

Lang estaba indeciso. Era un hombre calculador y

peligroso, y no tardó en ver esta circunstancia como una forma fácil de salir de una mala situación. Después de todo, si fuera necesario, siempre podrían deshacerse de él.

—Claro que sí, señora. Lo que usted diga.

Dio la vuelta a su caballo y, seguido por el otro jinete, desapareció en la oscuridad.

Fan se dispuso a subir a la carreta, y Jonás la tomó por el codo para ayudarla. Ella lo miró, sorprendida, y dijo: —Gracias.

Billing tomó las riendas. Rimes metió bajo el asiento los últimos utensilios y subió.

—¿Está seguro de lo que hace? —preguntó.

El hombre que decía llamarse Jonás se encogió de hombros.

—Estoy seguro.

—Allá atrás le hubieran podido disparar.

—Supongo que sí.

—No parece preocupado.

—¿Por qué había de estarlo? Yo también tengo una pistola.

Rimes no tenía más que decir, y la carreta seguía rodando, trepidando sobre las piedras, descendiendo y cruzando el lecho seco de un río, para tomar luego un tortuoso camino entre enormes rocas. Las estrellas brillaban, y la noche se hacía más fría. Jonás se puso una manta sobre los hombros, acomodó su pistola en una posición más favorable y se adormiló.

En dos ocasiones pasaron pequeñas manadas de ganado. La única marca que pudo ver fue la de Rafter D. En momento dado, atravesaron una estrecha quebrada que no era más que un chorrito de agua.

Después de haber recorrido un buen trecho, escuchó delante de ellos la voz de John Lang que decía:
—Está bien, Charlie. Es la carreta. Traemos a Rimes y a un extraño. Dice llamarse Jonás.

—Siempre que no sea Jonah. Pero será mejor que lo sepa. Es mucho más fácil entrar que salir.

Cuando Jonás ayudó a Fan Davidge a bajar de la carreta, ella le dijo en un susurro: —Gracias... y tenga cuidado.

Rimes se le acercó.

—Iremos a la barraca —le dijo.

—Todavía no —dijo Jonás.

Rimes se quedó esperando que dijera algo más.

—¿Qué clase de lugar es este? La señorita Davidge no parece ser de las personas que manejarían una guarida de bandidos.

—Ella no la maneja. Simplemente es la dueña del rancho. Su padre lo construyó y lo convirtió en una máquina de hacer dinero, pero también invertía en otras cosas, hizo fortuna y regresó al este.

"De todas formas, era un hombre del este y, por ese entonces, comenzó a hacer negocios con los dueños del ferrocarril y los banqueros. Por un tiempo tuvo una gran fortuna, y solía venir aquí con relativa frecuencia, luego tuvo problemas financieros y murió de un infarto. Fan regresó a este lugar, que era todo lo que quedaba.

"Arch Billing manejaba el lugar para el padre de Fan mientras él estaba en el este, y Arch tuvo problemas con los cuatreros. Uno de mis amigos, de nombre

Montana, fue vaquero suyo. Monty era un buen trabajador, pero también era de los que no tienen reparos en asaltar una diligencia o dos si las cosas prometían salir bien. Conocía a todos los salteadores de caminos.

"Montana habló con Arch y le sugirió que tenía algunos amigos que podían encargarse de su problema con los cuatreros. Bien, Arch sabía que eran forajidos, pero también eran buenos vaqueros, cuando estaban dispuestos a trabajar en ese oficio. Necesitaban un lugar para esconderse por un tiempo, y Arch necesitaba ayuda para resolver sus problemas con los cuatreros, por lo que los recibió.

"Bien —continuó Rimes—, yo era uno de ellos. Simplemente fuimos a caballo hasta la guarida de los cuatreros y les aplicamos la ley. Les dijimos que el rancho Rafter D era un lugar que los acogía y que considerábamos que sería muy desconsiderado de su parte si faltara cada vez más ganado.

"Bien, esos cuatreros eran poca cosa, y no querían problemas del tipo del tiroteo que habríamos iniciado, por lo que resolvieron abandonar sus acciones delictivas. Desde entonces, no ha habido más robos de ganado en el Rafter D.

"Sin embargo —continuó—, los primeros de nosotros éramos principalmente vaqueros que tuvimos problemas por disparar indiscriminadamente, a diestra y siniestra. Cometí mi primer asalto cuando tenía diecisiete años; algunos de nosotros pensamos que sería buena idea atracar un tren y obtener algo de dinero para beber.

"Bien, así lo hicimos. Obligamos al encargado del

enganche y los frenos a darnos veinte dólares e íbamos a emprender la huida y dejar las cosas así. Entonces, algún entrometido sacó su cabeza por la ventanilla del tren y disparó una pistola. Hirió a Jim Slade, uno de mis amigos, en el estómago. Y yo le devolví el disparo, en un acto irracional, sin pensar, y le atravesé el cráneo a ese hombre.

"Nadie había imaginado que las cosas llegarían a ese punto. Nadie pensó que fuera nada más que una aventura divertida; de pronto dejó de serlo. Jim estaba muriendo, y el hombre a quien yo había disparado era un agente de la Wells Fargo... desde entonces, voy por la senda de los forajidos.

Encendió su pipa.

—Los otros eran personas muy similares, por lo menos al comienzo ahí, y nos dedicábamos mucho más a marcar ganado que a cometer delitos. Era nuestro hogar. Por aquí no venían los hombres de la ley, y nos manteníamos siempre vigilantes. Arch sabía lo que éramos, pero se hacía el de la vista gorda; y luego llegó este grupo de jinetes.

—¿Ben Janish?

—Él, Dave Cherry, John Lang y otros. Habían asaltado un tren de Denver y Río Grande y necesitaban un escondite. No queríamos recibir a esa calaña, pero nos imaginamos que se irían, y así lo hicieron. El problema fue que regresaron.

"Arch tenía este vaquero rudo del que hablé antes, Montana, y él se enfrentó a Ben; le dijo que tenían que salir inmediatamente de aquí. Ben se burlo de él, lo hostigó, y Monty hizo ademán de desenfundar su pistola. Pero no alcanzó a hacerlo antes de recibir dos balazos en el corazón. Después Ben nos dijo que pensaba quedarse, que nada podíamos hacer para evitarlo.

"El padre de Fan estaba vivo en ese entonces, y sé que Arch le escribió contándole lo que ocurría, pero Davidge murió poco tiempo después, y ese fue el final de la historia.

—¿Y luego la señorita Davidge volvió a la casa?

—Así es. A Arch no le gustó que ella estuviera aquí con ellos, pero no había nada que pudiera hacer para evitarlo. Siempre que salen a hacer algún trabajo, dejan a alguien aquí; además, Ben Janish le dijo a todos que pensaba casarse con Fan para poder quedarse con el rancho para siempre. Además, Ben le dijo claramente a Fan que si intentaba escapar, mataría a Arch.

—¿Y Fan Davidge no tiene más familia?

—He oído decir que tiene un tío o un primo, o tal vez los dos. Uno de ellos vive por el camino a El Paso, pero nunca se entendieron muy bien con su padre, ni él con ellos, y nunca han estado por aquí. Según me han dicho, por un tiempo, el tío trabajó para Davidge en su oficina del este. No me consta.

Aparentemente, Rimes había terminado de decir todo lo que tenía que decir, y fue con Jonás hacia la barraca. Había catres para al menos veinte hombres, de los cuales unos siete parecían estar ocupados. Cuando Jonás entró detrás de Rimes a la barraca, John Lang estaba de pie, cara a ellos, frente a la chimenea.

Había otros dos hombres con él, un hombre mayor, de expresión amargada, con pelo blanco fino, piel morena y ojos negros de mirada penetrante. El otro hombre, corpulento, de hombros anchos y mentón cuadrado, tenía una mata de pelo rubio.

Fue este el hombre que fijó su atención en Jonás.

—Lo he visto antes —dijo.

Jonás se limitó a mirarlo, luego tomó una vieja y desgastada revista y comenzó a hojearla.

—¡Usted! —el hombre rubio lo señaló con un dedo rígido—. Le estoy hablando a usted.

Jonás levantó la vista, esperó unos segundos mientras sus miradas se cruzaban y luego dijo: —Lo oí hacer algún comentario. No pensé que esperara una respuesta.

—Dije que lo he visto antes.

Jonás sabía reconocer los problemas cuando le venían de frente, y sabía que había momentos en que era mejor enfrentarlos que evadirlos.

—No recuerdo haberlo visto antes, pero estoy seguro de que si lo hubiera hecho no habría olvidado ese olor.

Hubo un instante de silencio. Jonás había hablado en tono despreocupado, tan casual y ordinario que, en el primer momento, sus palabras no hicieron impacto.

—¿*Qué* dijo?

—Parece que busca problemas, por lo tanto, he decidido facilitarle las cosas. Dije que apesta... como un zorrillo.

Jonás permanecía medio recostado sobre el catre, y el hombre rubio se agachó para agarrarlo. La mano izquierda de Jonás tomó la manga de la chaqueta del brazo que venía hacia él y tiró del hombre hacia adelante, haciéndolo perder el equilibrio. Con la revista que, en un instante, había enrollado firmemente, lanzó un golpe que le dio a su atacante directamente en la manzana de Adán.

De un empujón, Jonás tumbó al hombre al piso, donde este se revolcó haciendo arcadas y luchando por recobrar la respiración.

Jonás lo miró, abrió la revista y comenzó a leer.

# CAPÍTULO 4

EL VIEJO DE cara amargada, llamado Henneker, estaba apilando heno dentro de una pesebrera cuando Jonás entró al granero. Trabajaba con agilidad, en silencio, ignorando su presencia. Cuando Jonás se dio la vuelta para irse, el viejo le dijo: —Lo matará. Kissling lo matará.

—¿Es ese su nombre?

—Sí. Ha matado cuatro hombres en enfrentamientos con pistola. Tal vez a dos o tres más en atracos. No tendrá ninguna posibilidad.

—¿A la señorita Davidge le gusta Ben Janish?

—¿A ella? —El viejo se enderezó enfurecido—. Jamás se fijaría en alguien como él. Lo que ocurre es que todo el mundo le tiene miedo. Incluyendo a Kissling y Cherry.

—Es una mujer admirable.

—Si se le acerca, lo atravesaré con un rastrillo para heno. Lo atacaré mientras duerma. Ella es una gran muchacha.

—Le creo. Es la única razón por la que estoy aquí. Apenas la vi, tuve que venir.

—No es de su tipo.

—¿De qué tipo soy yo?

El viejo forzó la vista y lo miró con sus penetrantes ojos.

—Mire, muchacho, no soy tan tonto como esos otros. Sé lo que usted es y, comparados con usted, los que están allá adentro aún no han dejado los pañales. Si me importaran cinco centavos, les advertiría que corren peligro, pero deberían saber que no son más que una manada de coyotes sarnosos con un lobo entre ellos.

El viejo se dio la vuelta y se marchó, y el hombre que decía llamarse Jonás lo seguía mirando.

¿Tenía razón el viejo? ¿Era él peor que esos hombres? ¿Era malvado? De ser así, ¿qué era ser malo?

Se encogió de hombros y se dirigió despacio hacia el corral; una vez allí, se apoyó en la barda y observó los caballos. Estos se movieron intranquilos, y le llamó la atención un caballo pardo de lomo recto, con orejas, crin y cola negras.

El caballo se había detenido repentinamente, con las orejas levantadas, y miraba hacia él.

—Ven aquí, muchacho —le dijo en voz baja y, para su sorpresa, el caballo le obedeció... se detuvo... alzó los ojos, dejando ver la parte blanca, y se retiró a un lado—. Está bien, muchacho —susurró, y le estiró la mano.

El caballo acercó su nariz y le olfateó los dedos.

—Sabe tratar a los caballos, señor Jonás.

Se dio la vuelta y se encontró con Fan Davidge, codo a codo.

—Ese caballo es un bandido. Nadie se le ha llegado a acercar tanto.

—¿Es suyo?

—Lo trajimos con los demás caballos del lugar

donde pasan el invierno. Es un caballo perdido. Según tengo entendido, esa marca es de Texas.

—De Cherokee Nation —dijo, y se preguntó por qué lo sabía.

Ella lo miró con curiosidad, pero se limitó a decir:
—Móntelo, si quiere… si puede.

—¿Está habituado a alguien en especial?

—No.

Él se dio la vuelta y la miró.

—Señorita Davidge, usted es muy hermosa.

Ella se ruborizó.

—Gracias.

Sin previo aviso, dio la vuelta y regresó a la casa. Fuera lo que fuera que hubiera venido a decirle, era evidente que había cambiado de opinión. La observó mientras se alejaba, admirando su elegancia al andar y el vuelo de su falda de montar a caballo.

No tenía derecho de pensar en ella. Estaría buscándose problemas que no podía darse el lujo de tener. Y no tenía la menor idea de quién era ni qué tipo de persona había sido.

Rimes salió de la barraca.

—¿Ya comió algo?

—No.

—Venga.

Fueron juntos hasta la casa de rancho. La larga habitación donde estaba la mesa se comunicaba con la cocina. Tenía cortinas de flores en las ventanas y plantas en macetas de barro. Todo era alegre, limpio y atractivo.

El cocinero, de nacionalidad china, trajo los platos a la mesa y luego regresó a la cocina. No había señales de Kissling. Mirando hacia la izquierda, Jonás vio una puerta que daba a una habitación con estantes llenos de libros.

—Aquí no se preocupe por Kissling —dijo Rimes, en voz baja—. No habrá disparos en el rancho. Por órdenes tanto de ella como de él, es decir, de Ben Janish.

De inmediato, Jonás dijo: —Creo que iré a cabalgar después de comer.

—Entonces, vaya hacia las montañas —dijo Rimes—. Si sabe algo de marcar ganado, pregúntele a Henneker qué debe hacer. Arch salió para allá esta mañana. Todos ayudamos con el trabajo del rancho —agregó.

—¿Qué pasa si simplemente sigo cabalgando?

—No llegará a ninguna parte. Lo que hay más allá es una muralla de montañas. Hay cincuenta cañones cerrados, y ninguno sale a ninguna parte. Podía escalar caminando, pero no hay a dónde ir. Encontraría sesenta o más kilómetros del peor territorio del mundo ante usted... sin nada que comer.

—Debo saber quién soy.

Por un momento, Rimes permaneció en silencio.

—Deje las cosas así. ¿Por qué no comienza de nuevo como si acabara de nacer? "Deje que el pasado muerto entierre a sus muertos", como dice el dicho.

—Es posible que los muertos no quieran ser enterrados, y que el pasado no quiera que los entierren. Tengo una sensación inquietante al respecto.

Rimes habló del rancho, del ganado. No se había despachado carne de aquí a ningún otro lugar desde que murió Davidge, pero los terrenos eran buenos.

Las montañas y los acantilados formaban lo que podría considerarse como corrales naturales, y los forajidos que componían la fuerza laboral habían mantenido alejados a los extraños. Había miles de acres entre el rancho y las montañas; era un territorio restringido, con abundante agua y, en algunos casos, irrigado por las quebradas que bajaban de las montañas.

Rimes se fue, y Jonás se quedó un rato saboreando su café, preocupado por sus problemas. ¿Henneker sabría algo? ¿O era algo que el viejo sólo intentaba adivinar?

Había indicios… uno de ellos el que hubiera reconocido la marca en el caballo como la de Cherokee Nation, que era una guarida de forajidos. De lo único que estaba seguro era de que Ben Janish debía saber quién era él y por qué debía ser eliminado.

Además, estaban las cartas y los documentos legales en su bolsillo, que hasta el momento no había tenido oportunidad de examinar.

¿Era él Dean Cullane? Las cartas que había encontrado en su bolsillo, dirigidas a una persona con ese nombre, así lo indicarían, pero, por alguna razón, ese nombre lo intranquilizaba. ¿Podría haberlas robado? O ¿podría haberse ofrecido a llevarlas a Cullane? Ninguna de las razones que se le ocurrían parecía muy lógica.

Estaba intranquilo. El dolor de cabeza era ahora un dolor sordo, un martilleo permanente que lo mantenía enervado, y no estaba de humor para estar con la gente. Necesitaba irse a algún lugar solo, a pensar, a hacer planes, a intentar encontrar una salida.

Pronto vendría Ben Janish al rancho y, sin duda, intentaría terminar lo que había comenzado. Pero ¿cuál sería su reacción cuando encontrara al hombre al que había tratado de matar esperándolo allí?

Fan entró al salón.

—Si quiere cabalgar y piensa que puede dominar ese caballo, puede ir a revisar mi ganado. Me gustaría tener una idea de cuántas reses están listas para despachar al mercado.

—No lo sé —dijo, poniéndose de pie—. No sé si sepa de ganado y tampoco sé si pueda montar a caballo.

—Si puede montar ese caballo, es mejor jinete que Kissling o Cherry. Los ha tumbado a ambos.

En la herrería que ocupaba un rincón del granero colgaban varios lazos extras. Escogió uno y fue al corral. ¿Sabría cómo utilizar un lazo? Lo sentía muy familiar en sus manos, y supuso que sí.

Rimes estaba cerca cuando entró al corral y enfrentó a los caballos. Los animales se movieron en círculo, manteniéndose alejados de él.

Miró el caballo pardo y estiró su mano: —Ven acá, muchacho —dijo, y el caballo vino.

—¡Qué demonios! —murmuró Rimes—. Jamás he visto nada igual.

Kissling había salido de la barraca y se quedó de pie observando. Henneker, que había llegado a caballo en un poni alazán, se detuvo cerca de Fan.

—Qué curioso —le dijo—. Ese caballo lo conoce.

—¿Pero cómo puede ser? Él acaba de llegar, y ese caballo estaba perdido cuando lo encontramos en el campo de invierno.

—Cierto, yo lo traje —dijo Henneker en tono inexpresivo—, pero sigo insistiendo que ese caballo lo conoce. Señora, algo anda mal aquí, muy mal.

El viejo la miró de repente.

—No vaya a fijarse ni por un momento en ese hombre, señora. Es malo.

—El caballo no piensa lo mismo —respondió ella.

Henneker emitió un gruñido de desprecio y cabalgó hacia el corral.

El hombre que decía llamarse Jonás sacó al caballo del corral, caminando, tomado por la crin, y luego lo ensilló. Mientras se movía procuraba dejarse guiar sólo por esos movimientos automáticos que parecían no haber sido afectados por su accidente.

Cuando terminó de ensillar el caballo, se dio cuenta de que Fan Davidge se había acercado a él por detrás.

—Jonás, ¿quién es usted? ¿Por qué está aquí? —le preguntó.

Le había hablado en voz baja, y él le respondió en el mismo tono.

—Usted sabe tanto como yo. Hasta donde yo sé, mi vida comenzó hace media hora, más o menos, antes de que subiera al tren donde Rimes me encontró. Es todo lo que sé.

Subió al caballo y salió cabalgando sin que el animal arqueara siquiera su lomo. Ella se quedó mirándolo mientras se alejaba, sentado derecho en la silla, un hombre de figura atractiva. Luego regresó a la casa, donde esperaba Arch Billing.

—¿Arch, cree que pueda ser un funcionario del gobierno?

—¿Cómo podría serlo?

—Es posible que la Wells Fargo les haya seguido la pista a algunos de ellos. Podría ser un alguacil de los Estados Unidos. Me dijo que la marca del caballo era de Cherokee Nation.

—Quiere decir que cree que es uno de esos alguaciles expertos con la pistola que trabajan para el Juez Parker en Fort Smith? Eso está muy lejos de aquí.

—Podría ser de Denver o de El Paso.

—No lo crea, señora, es un malhechor, apostaría mi vida a que lo es. ¿Le contó Hen lo que le hizo a Kissling?

—Kissling se lo merecía.

—Fue la forma en que lo hizo. Como un hombre que cachetea a un muchacho. Kissling no le preocupaba en lo más mínimo, ni por un minuto. Nunca se puso de pie, y por poco mata a ese hombre. ¿Sabe otra cosa? No le importó. Simplemente no le importó lo que fuera a pasar, fuera lo que fuera.

Permanecieron en silencio durante varios minutos, y luego Arch dijo: —Hemos sido utilizados por Ben Janish y sus bandidos, de modo que tal vez podamos utilizar a este extraño. Tal vez éste es el hombre que nos permita librarnos de Janish.

—¿Cómo?

—Anda solo. Eso es evidente. Vino aquí por alguna razón, no sabemos por qué, pero no le importa si las cosas funcionan o no. Según lo que yo he visto de él, es del tipo que atacaría al infierno con un baldado de agua.

—Ben Janish lo mataría.

—Y él podría matar a Janish. Es posible que se mataran mutuamente.

—¿Es eso lo que espera que ocurra?

—Señora, nunca tuve familia. Sólo a usted y a su padre. Todo lo que quiero es ver que usted sea de nuevo quien mande en este rancho y que se libre de ellos. Me gustaría verla con un hombre… con el hombre correcto.

—Gracias, Arch. —Después de una pausa, continuó—: No quiero que muera.

Él la miró.

—Señora… no lo haga. Es malo. Yo lo sé.

—De cualquier forma, no quiero que lo maten.

El hombre que decía llamarse Jonás cabalgó hacia las montañas. Desenfundó la pistola y esta se acomodó con facilidad a su mano… con demasiada facilidad.

La volvió a enfundar y pensó en su problema. Tenía que haber un registro. Cuando se pierde un hombre, hay investigaciones… a menos que se trate de alguien que viva solo, por quien nadie se preocupe. Pero alguien, en algún lugar, tendría que saber algo.

Se sentía mejor. Esperar aquí a que llegara Ben Janish era una locura. Lo que debía hacer ahora era irse, descubrir algo acerca de su identidad, descubrir quién era y por qué había estado en el lugar en que se encontró y por qué Ben Janish había intentado matarlo.

Cabalgó a través del terreno plano del valle, donde los pastos eran buenos. El ganado que vio estaba en buena forma, gran parte de las reses estaban listas para ser despachadas, pero ya era más que tiempo para deshacerse de algunos de los ejemplares más viejos.

Había abundante agua de varias quebradas que bajaban de las montañas, y sólo podía prever dos problemas para el rancho. El primero era la necesidad de despachar ganado para el mercado. A menos que los novillos más viejos se sacaran y se vendieran pronto, los potreros estarían sobrecargados y pronto faltaría el pasto. El segundo problema tenía que ver con la disponibilidad de forraje para la época de invierno. A menos que se cortara una gran cantidad de heno, las cosas se pondrían muy difíciles durante el invierno.

Si no caía mucha nieve, el ganado se defendería. Podrían encontrar pasto para alimentarse parcialmente, pero donde hubiera una tormenta de nieve, los cañones quedarían taponados y gran parte del terreno estaría cubierta por una espesa capa de nieve. Los forajidos eran buenos trabajadores hasta cierto punto, pero no tenían ningún interés en el ganado, y no les atraía la idea de cortar y apilar heno... cosa que, a lo sumo, sólo representaba mucho trabajo.

Sin embargo, con algunas personas dispuestas a trabajar y algo de supervisión, el rancho podría ser muy productivo. Debido al aislamiento natural ofrecido por las montañas, era fácil controlar el ganado. Sólo al momento de recogerlo se requeriría ayuda externa.

El caballo pardo avanzaba a gran velocidad, y habían recorrido mucho terreno al poco tiempo. Al mirar hacia adelante, no podía ver ninguna salida para un jinete, y sólo una posibilidad para un hombre a pie. La montaña se levantaba ante él como una mole abrupta cubierta de árboles y de arbustos, tan pendiente que para escalarla sería necesario colgarse de los arbustos.

Cuando llegó al pie de la montaña, dio medio giro en su caballo y siguió cabalgando por su base, estudiando el terreno. Si había una salida, parte del ganado la habría encontrado, o al menos habría sido descubierta por los animales salvajes. Había visto algunas huellas de venado... ¿de dónde venían?

A menos que sean ahuyentados por el fuego o la sequía, es muy raro que los venados se desplacen más de dos o tres kilómetros del área donde han nacido. Por lo general, duermen a la intemperie en alguna colina elevada, y poco antes del amanecer van pastando mientras descienden en busca de agua, beben, descansan por un rato y luego, gradualmente, ascienden de nuevo por la colina, mientras van pastando. Este valle podría ser su hogar, pero tal vez hubieran encontrado un camino que los llevara a algún lugar elevado en la montaña.

Cuando se cabalga solo, como Jonás lo hacía ahora, es momento de pensar, y de nuevo sus pensamientos volvieron a su problema. Aún seguía el interrogante. ¿Quién era? ¿Qué era? ¿De dónde venía?

Aunque había perdido la memoria, se daba cuenta de que sus respuestas habituales seguían presentes, y esto podría darle una pista. ¿Qué ocurriría si comenzara a ponerse a prueba, poco a poco, ensayando distintas cosas para determinar el alcance de sus destrezas?

Ya había descubierto que si se dejaba llevar, sin intentar controlar sus acciones, podía hacer las cosas bastante bien. Al ensillar al caballo pardo, había permitido, a propósito, que sus músculos hicieran lo que quisieran y había realizado todos los movimientos con experiencia y facilidad. Ahora pensó en el caballo pardo.

¿Por qué había venido hacia él el caballo con tanta docilidad? ¿Sería que él conocía desde antes a este animal? ¿Era posible que, tal vez, le hubiera pertenecido en alguna época? Recordó que el viejo Henneker había dicho que él era malo. ¿Sería verdad? Analizándose, no podía encontrar ese tipo de motivaciones. No tenía sentimientos de animosidad hacia nadie, ni sentía el menor deseo de hacer el mal.

Sin embargo, ¿los hombres malos se creían malos? ¿No encontraban siempre excusas para el mal que hacían?

Pudo ver que había huellas de venado, pero no les prestó mucha atención, sus pensamientos iban por otro rumbo. Sólo cuando encontró una segunda serie de huellas que se unían con la primera, centró su atención en ese hecho. Los venados eran criaturas de hábitos, eso lo sabía, más que los hombres. Las huellas del primer venado tenían varios días de haber sido hechas; las del segundo eran de esa mañana.

Desaparecían de pronto, cerca de la boca de un cañón, pero por más que buscó no pudo encontrar huellas que entraran al cañón. Consciente, por algún conocimiento almacenado en su memoria, que con frecuencia las huellas de un humano o de un animal salvaje siguen el borde de un cañón, se devolvió y estudió los caminos que llevaban al cañón.

Al comienzo, no encontró nada, pero persistió y, después de casi una hora de búsqueda, encontró el lugar donde un sendero casi imperceptible pasaba entre dos grupos de árboles de cedro, rodeaba un peñasco que parecía bloquear cualquier intento de avance en esa dirección y continuaba montaña arriba por entre los pinos.

En ese momento, pensó en las cartas.

# CAPÍTULO 5

SE DETUVO A la sombra de unos pinos cerca del sendero y sacó las cartas de su bolsillo. Ambas venían dirigidas a *Dean Cullane, El Paso, Texas*. La primera era corta y al grano.

> *El hombre que estoy enviando es el mejor. Sabe qué hacer y cómo hacerlo. No interfiera ni trate de comunicarse con él.*
>
> *Matherbee*

La segunda carta, con un matasellos fechado una semana después, era de la Agencia de Detectives Pinkerton.

> *Lamento decir que nuestra investigación no ha llegado a nada concluyente. El hombre sobre el que solicita información fue visto inicialmente en Missouri, adonde se informa que llegó en un tren de carga. Trabajó allí para un campamento de corte de traviesas para rieles de ferrocarril, donde se involucró en una pelea con dos hombres que sufrieron heridas severas. El primer tiroteo del que tenemos noticia tuvo lugar unas pocas semanas después, en un bar, cuando un bandolero buscapleitos de la Nación comenzó una pelea.*

Los dos hombres desenfundaron sus pistolas, y el bandido, que tenía una considerable reputación, salió perdiendo, en muy malas condiciones. Se dice que un vaquero que estaba en el bar vio lo sucedido y que más tarde habló con el hombre en el que usted está interesado, cuyo nombre, según el informe, es Ruble Noon.

Al día siguiente, Noon compró un equipo completo, incluyendo un caballo y varios cientos de cartuchos de municiones, y luego se marchó sin rumbo fijo.

La gente habla, las historias circulan. El informe indica que este vaquero había tenido problemas con los cuatreros, había perdido varias cabezas de ganado y uno de sus trabajadores había sido asesinado después de que descubriera algunos adulteradores de marcas de ganado. Eso ocurrió en la parte oeste de Nebraska.

Ruble Noon no fue visto en los alrededores, pero unos pocos días después, uno de los cuatreros fue encontrado muerto en su cabaña; tenía en su mano una pistola que había sido disparada una vez.

A los pocos días, dos de los otros cuatreros fueron encontrados muertos en la llanura, cubiertos con el cuero de un novillo con una marca a medio borrar. Ambos habían recibido disparos desde el frente, los dos estaban armados.

A los pocos días, los últimos cuatreros que

*quedaban, tres en total, se encontraban sentados frente a su fogata. Tenían en su poder treinta cabezas de ganado robadas.*

*Vino un hombre desde unos árboles, a unos veinte metros de distancia. El hombre dijo: "Soy Ruble Noon, y yo maté a Maxwell".*

*Habían estado hablando de lo que harían si lo atrapaban, y él había venido directamente a ellos. Hicieron además de desenfundar sus pistolas. Dos de ellos murieron antes de poder disparar, pero el tercero, de nombre Mitt Ford, se escondió entre los arbustos, desde donde intentó disparar. Los tiros que recibió como respuesta rozaron su hombro y lo hirieron en el costado, y él salió huyendo tan rápido como pudo.*

*Mitt Ford contó la historia. No pudo observar bien a Noon, porque estaba de pie contra una fila de altos árboles, con el sombrero agachado sobre la frente. Todo lo que Mitt pudo decir fue que se trataba de un hombre alto, delgado y de una destreza asombrosa con la pistola.*

*Había una compañía de diligencias de servicio expreso por el camino a Montana. Había sufrido demasiados atracos. Sus dueños contrataron a Noon. Cuando se produjo el siguiente atraco, alguien disparó desde los matorrales y tres de los bandidos cayeron muertos. Esa compañía no volvió a ser atracada.*

Había más. Examinó el informe con mucha atención. Aparentemente, Ruble Noon tenía un sólo contacto, el ganadero que lo contrató inicialmente. Este hombre actuaba como intermediario en cada caso, y había habido una docena de otros casos, desde Canadá hasta México. No había más descripción que la que había dado Mitt Ford, y el grupo que trabajó en el aserradero de traviesas para rieles se había dispersado. El ganadero decía no saber nada acerca de él.

Había una nota final. En una ocasión, el ganadero en cuestión había llevado ganado de un lugar a otro junto con Tom Davidge. Habían sido amigos.

Ruble Noon dobló las cartas y las volvió a guardar en el bolsillo interno de su saco. El documento legal era una escritura de trescientas veinte acres de terreno y una cabaña; estaba a nombre de Ruble Noon, firmada por Tom Davidge. El documento venía acompañado de un pequeño mapa dibujado a mano con las indicaciones de cómo llegar a la propiedad.

El caballo pardo estaba cada vez más inquieto, y él reanudó su camino sin saber mucho más que antes acerca de su identidad.

Las cartas y la escritura habían estado en poder de alguien llamado Dean Cullane, de El Paso, quienquiera que fuera. ¿Por qué tenía Cullane una escritura a nombre de Ruble Noon? ¿Cullane y Noon serían la misma persona? No parecía probable.

¿Era él Cullane? ¿O era Noon? ¿O ninguno de los dos?

Se quitó el saco y lo examinó detenidamente. Las

mangas eran demasiado cortas y los hombros muy estrechos, aunque de todas maneras le servía. Era un saco hecho sobre medidas, no comprado.

—Hecho sobre medidas —dijo en voz alta—, pero no para mí.

Sabia que jamás hubiera aceptado un saco que le quedara tan mal. Si no era suyo, debía de ser de Dean Cullane, puesto que las cartas estaban dirigidas a él… O ¿le pertenecería a Ruble Noon? Porque la escritura también estaba allí.

¿Había alguna forma de descubrir quién era Ruble Noon? ¿O Dean Cullane? ¿O Matherbee? Volvió a mirar el mapa. Sólo unas cuantas líneas en un trozo de papel, pero esa X podría ser este mismo rancho, y la línea de puntos podría ser el sendero casi indetectable que había descubierto.

¿Por qué tenía Ruble Noon un rancho en esa área? ¿Cuál era su relación con Tom Davidge? No tenía respuestas… sólo interrogantes.

Tenía hambre y no se le había ocurrido traer nada de comer. Pero ahora no quería regresar. Tenía mucho en qué pensar, mucho que decidir. Y no sabía qué lo podría estar esperando en el rancho… era posible que Ben Janish hubiera regresado, y había sido Ben Janish quien había tratado de matarlo.

Le dio la vuelta a su caballo, volvió al sendero y giró su caballo pardo para ascender por la montaña. Después de una docena de curvas sucesivas y cerradas, el sendero sinuoso se internaba en el bosque, ascendiendo constantemente. La ladera de la montaña era muy pendiente, pero los venados habían encontrado un camino para llegar a los pastizales en el valle. No había huellas de caballos por el sendero, sólo las de los venados.

Siguió adelante, estudiando el territorio mientras cabalgaba. Los matorrales eran tan tupidos que sólo ocasionalmente se divisaban el rancho o el valle abajo de donde él se encontraba. Siguió el estrecho y casi invisible sendero que serpenteaba por los escarpados acantilados hasta que repentinamente se abrió ante él un tajo en la montaña, imposible de detectar desde abajo.

El caballo pardo avanzó lentamente, con sus orejas levantadas por la curiosidad. A unos noventa metros, este pasaje se ensanchaba para desembocar en una profunda hondonada por la que corría una quebrada. Era un pastizal de montaña, con sus laderas cubiertas de pinos y, a medio kilómetro de distancia, se podía ver una pequeña cabaña posada sobre un saliente entre los árboles.

No se escuchaba el menor ruido, no había indicios de vida. Arriba, en la montaña, una roca se destacaba nítida y fría contra el cielo; la vegetación debajo de ella se limitaba a unos pocos débiles pinos, azotados y torcidos por el viento, que estiraban sus negras y delgadas ramas hacia el cielo.

Era un paraje solitario visitado desde temprano por las sombras y azotado por vientos helados que soplaban desde las crestas de las montañas. ¿Quién había encontrado este lugar? Ante todo, ¿a quién se le habría ocurrido construir aquí, bajo un cielo tan sombrío? En un día nublado cualquiera, este lugar debía llenarse de húmedas y pesadas nubes grises que lo invadían todo, y los truenos debían retumbar por el estrecho valle, dejando el aire cargado y con olor a azufre. Era un lugar de soledad amarga... y, sin embargo, por alguna razón le parecía atractivo, de cierto modo sabía que este era su lugar, el sitio a donde pertenecía.

El único sonido era el de los cascos del caballo pardo contra el alto pasto y, ocasionalmente, el golpe metálico de una de sus herraduras contra una piedra.

Subió por el camino hasta el saliente natural en la montaña y se detuvo frente a la cabaña.

Estaba construida contra un muro de roca, parcialmente protegida bajo el saliente, y era de piedra, de la que abunda en el lugar, piedra gris, recogida del pie del acantilado. Había sido construida hacía mucho tiempo.

No se había usado mortero, sólo piedra contra piedra, pero acuñada con tanta pericia y destreza como sólo las manos de un maestro podían hacerlo. Las piedras habían adquirido la pátina del tiempo, y la gruesa banca de madera hecha de un tronco partido en sentido vertical estaba pulida por el uso. Había un establo recostado contra la pared donde estaba el buitrón de la chimenea de forma que el calor del fuego ayudaría a mantener cálido el ambiente del establo. Un pasadizo conducía desde la casa hasta el establo, y había una alta pila de leña contra cada una de sus paredes.

Bajó del caballo, lo amarró a un poste y se dirigió a la puerta. Al empujarla con la mano, se abrió sin dificultad; entró.

No esperaba nada similar. El piso estaba cubierto de cueros, cueros de oso y de león de montaña. Había una biblioteca llena de libros que abarcaba toda una pared, un escritorio y un lugar para colgar armas donde había docenas de rifles y escopetas.

En otra habitación más pequeña había una provisión de alimentos enlatados y otros suministros. Estas cosas no habían llegado aquí por el sendero por el que él había venido; por consiguiente, debería haber otra ruta mucho mejor.

Alguien había vivido aquí, tal vez aún lo hacía, y ese alguien probablemente era Ruble Noon, porque esta debía de ser la cabaña escriturada a Noon en el documento que él llevaba consigo.

Se dirigió hacia las ventanas. La vista abarcaba todo el valle de abajo. El único punto ciego era el de la empinada ladera por encima de la cabaña, un lugar desde donde se podía llegar a la cabaña sin ser visto. De lo contrario, el único acceso a ella era por el frente.

Después de estudiar la vista, se sentó en la silla del escritorio. Era cómoda y se sentía muy bien en ella; también la cabaña era el lugar correcto. En el invierno, este valle quedaría totalmente cubierto de nieve y aislado del mundo, pero en el verano, era un paraíso, un lugar seguro.

Se levantó de pronto. Debía regresar. En términos de distancia no estaba lejos del Rafter D, pero al paso que tenía que cabalgar probablemente le tomaría dos horas regresar.

Sin embargo, primero tenía que descubrir la otra entrada a este elevado valle. Una cuidadosa búsqueda sólo confirmó una cosa: no había forma fácil de salir del valle, y, de hecho, no había ninguna ruta, por lo menos que él podía encontrar. No obstante, tenía que existir otra ruta. Nada de lo que había en la cabaña habría podido llegar aquí por el camino por donde él había venido.

Por primera vez, dio un paso atrás y analizó la cabaña construida en piedra. De inmediato se dio cuenta de que una parte de la construcción era mucho más vieja que el resto. El establo y parte de la cabaña habían sido agregados en una fecha posterior, pero la parte del establo que daba contra la casa era más antigua.

Sabía, sin embargo, que no podía quedarse más tiempo en este lugar. Montó su caballo y regresó por donde había venido, pensando en el problema de la vía de acceso. Cuando llegó al borde de la empinada ladera, permaneció oculto por algún tiempo, estudiando el área circundante para asegurarse de que nadie lo hubiera visto salir de entre los árboles. Luego, se bajó del caballo y, con mucho cuidado, borró, hasta donde pudo, todas las huellas que pudieran revelar su pasaje.

La luna ya estaba muy arriba y hacía tiempo que había pasado la hora de la cena cuando cabalgó hacia el patio del rancho. Al bajarse del caballo vio a un hombre que se puso de pie y se dirigió a la barraca. ¿Sería Kissling que lo estaba esperando?

Desensilló su caballo y lo llevó al corral, después fue a la casa del rancho. El cocinero chino había terminado de lavar y recoger la loza y no mostró el menor agrado al verlo.

—Comida no queda nada —dijo—. ¿Qué quiere?

—Una taza de café estará bien.

Fan apareció en la puerta, proveniente del estudio.

—Váyase, váyase ya, Wing. Yo encontraré algo para darle.

Renegando, Wing se retiró a su habitación, y Fan trajo pan, unas tajadas de carne fría y queso del aparador.

—También hay unos frijoles —le dijo—. ¿Los quiere?

—Por favor.

—¿Cómo le fue en su cabalgata?

Él respondió diciendo: —Tiene algunas cabezas de ganado que deben venderse. Diría que son cuatrocientas o quinientas, pero pueden ser el doble.

—No hemos vendido ganado desde que murió papá. Incluso desde antes que muriera.

—Tienen exceso de animales. Los potreros están en buen estado porque ha llovido mucho y ha caído nieve. Pero las cosas no se ven bien para el año entrante a menos que se deshaga de algunos de los animales más viejos.

—No sé si Ben Janish nos lo permitirá.

Él la miró.

—Al diablo con él.

—Es fácil decirlo. Tendríamos que tener trabajadores adicionales… La mayoría de estos muchachos no se atreven a presentarse donde los hombres de la ley puedan verlos. Se correría la voz, y se arruinaría este lugar para ellos.

—¿Ha oído hablar alguna vez de un hombre llamado Matherbee? —preguntó él.

—No.

—¿Y de alguien llamado Ruble Noon?

—Todos lo conocen.

Permanecieron en silencio por unos momentos mientras él comía. Ella le llenó de nuevo su taza.

—Aparentemente, es mucho lo que he olvidado —dijo—. O tal vez hubo mucho que nunca supe. Póngase en mi lugar. No sé qué clase de hombre he sido, tampoco sé cómo debo reaccionar. Sé que algunos hombres querían matarme, pero no sé si eran pandilleros u hombres de la ley. A veces pienso que debería irme de aquí, perderme en las montañas y quedarme allí hasta que recobre la memoria y sepa quién y qué soy.

—Lo echaría de menos —dijo ella de pronto, sin pensar.

—Esas son las primeras palabras amables que alguien me dice, pero no las piense. Ninguno de los dos sabemos qué era yo ni qué seré si recobro la memoria. Soy un hombre asediado por los fantasmas de lo que puedo haber sido.

—Entonces, decídase a comenzar de nuevo —le dijo—. No importa qué haya sido, siempre puede convertirse en una persona diferente.

—¿Es así de simple? ¿Se rige un hombre por su libre albedrío o, por el contrario, es una mezcla de todas sus experiencias, de su educación y de su herencia? Tal vez no sepa quién soy, pero mi carne y mi sangre lo saben y reaccionan en la forma en que han sido condicionadas a hacerlo. Mi mente consciente nació hace apenas unos días, pero los patrones de los hábitos incorporados en mis músculos no han olvidado nada.

—No puedo creer que usted haya sido una mala persona.

—No apueste su dinero en eso. Cuando Kissling me atacó, no lo pensé. Lo que sea que haya hecho era algo que estaba en mí hacer.

—¿Qué hará ahora?

Se encogió de hombros y terminó su café.

—Ben Janish regresará, y si me busca para matarme, debo matarlo o morir. Dicen que es un experto; y yo no sé siquiera si puedo disparar con buena puntería. —Se levantó—. Creo que saldré por un rato. Intentaré descubrir algo acerca de mí mismo; quién y qué soy. Si es algo que valga la pena, regresaré.

—Me gustaría eso.

Por unos minutos, hablaron en voz baja y luego se excusó y salió. La noche era fresca y tranquila, y él se quedó de pie, muy quieto, escuchando los ruidos nocturnos y respirando profundamente el aire fresco. Pero no estaba tranquilo, en su interior sólo había tormento. Sus interrogantes seguían siendo los mismos: ¿Quién era? ¿Qué era?

Había algo dentro de él que respondía con facilidad y naturalidad a Fan Davidge. Con ella se sentía tranquilo, tenía la sensación de que todo estaba bien; pero en cualquier momento toda su vida podía estallarle en la cara.

¿Qué pasaría si descubría que era un criminal en fuga? ¿Qué pasaría si lo estuviera buscando la policía por algún crimen?

¿Y quién era Matherbee? ¿Quién era "el hombre que era el mejor para el trabajo"? ¿Quién era Ruble Noon? ¿O Dean Cullane?

Sabía que tenía que ir a El Paso. Pero primero

debía volver a la cabaña en las montañas, buscar allí alguna pista de Ruble Noon y luego encontrar la otra salida. Entonces sería el momento de ir a El Paso.

Si lograba permanecer todo ese tiempo con vida...

# CAPÍTULO 6

LAS ÚLTIMAS ESTRELLAS de la noche se aferraban al cielo, y aumentaba la luz por el este cuando se levantó de su catre sin hacer ruido y se vistió. Estaba afuera cuando escuchó el leve sonido de unos pasos. Era Henneker.

El viejo lo miró con gesto agrio.

—¿Sacando el equipaje?

—Sí.

—¿Qué será de ella?

—Usted me dijo que ella no era para los de mi clase. Tal vez tenga razón.

—No me refería a usted. Me refería a Ben Janish. Ese era el trabajo que usted tenía que hacer, ¿no es cierto?

El hombre que decía llamarse Jonás apretó una correa. Había algo aquí que no entendía.

Henneker habló en tono impaciente, manteniendo baja la voz.

—Arch no sabe nada, pero el viejo hablaba conmigo. Yo le dije que usted era la única persona capaz de hacer ese trabajo. Sin embargo, él ya había oído hablar de usted, y creo que lo había estado pensando. Creo que, cuando se fue, sabía que nunca volvería, por lo que tenía que tomar una decisión.

—No sé de qué está hablando.

La mañana era fría y quería irse antes de que apareciera cualquiera de los otros.

—Muy bien —dijo el viejo enfurecido—, usted no sabe nada, y si alguien me pregunta, yo tampoco, pero si esa muchacha ha de tener una vida que pueda llamarse decente, usted debe hacer aquello por lo que le pagaron.

—¿Y me pagaron para que hiciera qué?

Henneker soltó un gruñido.

—Ya le dije que Davidge hablaba conmigo. Cuatro hombres: por eso le pagaron, por cuatro hombres que necesitaban que les levantaran el cuero cabelludo. Le pagaron por Dave Cherry, John Lang, Cristóbal y Ben Janish.

—¿Por qué no incluyó a Kissling?

—Él no estaba aquí entonces. De cualquier forma, es poca cosa, yo habría podido manejarlo solo.

—¿Usted?

Henneker lo miró fijamente.

—Nunca he considerado el tipo de trabajo que usted hace como un negocio —respondió—. Lo he hecho como pasatiempo. Aunque —agregó—, imagino que no podría con una persona como Ben Janish, ni siquiera cuando era muchacho. Tal vez Wes Hardin pudiera hacerlo.

—¿Piensa que yo lo puedo hacer?

Henneker se encogió de hombros.

—Recibió el dinero. Le dieron el trabajo. Hágalo a su manera y en su propio tiempo… sólo que el tiempo se acaba.

Jonás montó su caballo e hizo girar el animal.

—Regresaré —dijo y, a paso lento, condujo a su caballo hacia la noche.

Oyó cuando se cerró la puerta tras él y escuchó la voz potente de John Lang.

—¿Quién estaba ahí?

—El forastero —respondió Henneker—. Salió a contar las cabezas de ganado.

Jonás templó las riendas y escuchó. Después de un momento, Lang dijo: —Bien, no hará ningún daño. De cualquier forma, no podrá escapar de Kissling. Está vigilando la salida.

Cuando se alejó del rancho, continuó su camino al galope. En esta oportunidad, aún con las precauciones adicionales que tomó, el viaje hasta la cabaña le tomó menos tiempo. Una vez ahí, dejó al caballo pardo en el establo y, tomando una hoz que colgaba de la pared, cortó suficiente pasto para mantener ocupado al caballo.

Aparentemente, quienes construyeron esta cabaña se habían preparado para lo que fuera, y estaba seguro de que habían previsto también una salida de este alto valle. La parte más grande de la estructura era antigua, y la parte construida bajo el saliente era la parte más vieja. Quería saber qué quedaba detrás de la cabaña, más allá del muro de roca contra el que estaba construida.

Trepó hasta la parte superior de la roca y caminó sobre esta hacia el extremo más apartado. Se detuvo de manera tan repentina que faltó poco para que cayera. Delante de él la roca bajaba en sentido perpendicular por más de cien metros. Muy debajo de donde él estaba podía vislumbrar un borroso sendero que aparentemente se dirigía hacia la roca donde se encontraba parado.

¿Y si ese sendero terminara contra el acantilado?

¿Si hubiera alguna forma de subir desde dentro de la roca? La pendiente de la roca era tan marcada que avanzar más sería arriesgarse a caer por un precipicio; aunque un hombre en medias podría encontrar la forma de bajar hasta el reborde del saliente, el riesgo era demasiado grande.

Bajó de nuevo a la cabaña, cuidando de recordar mentalmente las distancias. Era evidente que la parte de atrás de la casa debía de estar a uno o dos metros de la cara del acantilado. ¿Habría habido allí una abertura horadada por el viento antes de que se construyera la cabaña? Había muchas de estas "ventanas", como se las conocía en este territorio, en Utah, Nuevo México y Arizona, así como en Colorado.

Dentro de la cabaña, buscó minuciosamente por todas partes. En sus anteriores búsquedas, se había limitado a mirar a su alrededor. Se había sentado en la silla, pero no se había tomado el trabajo de mirar los libros ni examinar los rifles ni de abrir la puerta del clóset... o debía decir más bien las puertas del clóset.

Las abrió y ahí, en ordenadas filas, colgaban media docena de trajes, varios pares de jeans, distintos tipos de botas y media docena de sombreros de distintos estilos. Quienquiera que hubiera utilizado este lugar evidentemente había querido alterar su apariencia de vez en cuando. De pronto fijó la vista en algo que había en el suelo del clóset... arena.

¿Proveniente de las botas?

Empujando la ropa a un lado, vio que había una pequeña puerta, de no más de metro y medio de alto y un metro de ancho.

Su mano buscó el pasador, prácticamente escondido, y abrió la puerta hacia afuera. Recibió en las mejillas una bocanada de aire fresco. Miró al interior, hacia una caverna y vio, a unos diez metros de distancia, un óvalo de cielo azul.

Pasó por la abertura y vio, a un lado de la caverna, la rueda de un malacate con lazos que colgaban por entre un hueco. Se agachó y miró hacia abajo.

Era un buitrón dentro de la pared de roca que medía aproximadamente un metro con diez en la parte superior y se iba ensanchando hasta alcanzar unos tres metros y medio en el fondo. Colgada dentro del buitrón había una burda plataforma de más o menos un metro cuadrado que se podía subir y bajar con el malacate.

Entonces, así era como habían llegado los suministros a este lugar y esta era la forma de llegar aquí desde el exterior. Una vez arriba, y con la plataforma elevada al tope, no había forma de tener acceso a la cabaña, aunque alguien supiera que estaba allí. No se podía encontrar un mejor escondite en ninguna parte.

¿Qué decir de un caballo?

Es probable que el hombre que utilizara este escondite tuviera caballos en ambos sitios, en el valle y aquí arriba. Sin embargo, no había la menor evidencia de que quienquiera que se hubiera quedado aquí hubiera utilizado el sendero que llevaba al rancho Rafter D, y él lo había encontrado por pura casualidad.

De nuevo se sentó a pensarlo todo. Poco a poco su mente recordó la conversación que había tenido con Henneker.

Era evidente que el viejo lo había confundido con otra persona… ¿o no? ¿Y si fuera un asesino a sueldo, contratado por Tom Davidge para librarlo a él y a su hija de los hombres que se habían mudado sin invitación a su casa y se habían quedado ahí?

¿Si acaso... sólo si acaso él fuera Ruble Noon? ¿Si el hecho de haber encontrado el camino hasta aquí no hubiera sido una casualidad? ¿Si hubiera llegado a este lugar guiado por algún recuerdo latente?

Se levantó de pronto y, quitándose el saco que no le venía bien, abrió el clóset y sacó una de las chaquetas, la chaqueta de un citadino, de grueso paño negro, con una excelente confección sobre medidas. Se la puso... ¡le venía a la perfección!

La ropa era suya, la casa era suya. Tenía la escritura en su bolsillo. Pero era evidente que la cabaña había sido habitada por Ruble Noon antes de que se hubiera hecho la escritura... sin duda llegó a su poder como parte de un pago por lo que iba a hacer, o como un verdadero regalo.

¿Si Tom Davidge hubiera sido el ganadero de "Nebraska" que lo contrató originalmente? No... el informe de Pinkerton decía que el ganadero había sido amigo de Tom Davidge.

Tom Davidge había permitido desde mucho antes que los forajidos se quedaran en su propiedad, así que ¿por qué no Ruble Noon?

Cuatro hombres... había recibido dinero para matar a cuatro hombres.

Se levantó y fue a la ventana y miró hacia afuera. Los rayos del sol pasaban por entre los pinos, y las desnudas crestas de las montañas se recortaban hermosas contra el horizonte. En este lugar sólo había viento, y a veces lluvia, nieve y frío. Aquí los cambios se producían muy lentamente; se desboronaba una piedra, crecía un árbol, una raíz se incrustaba más profundamente en una grieta de una roca abriendo una profunda brecha. Aquí había sólo un problema, el único problema de la existencia. Allá abajo en los valles donde los hombres caminaban había muchos problemas.

Fue hasta la biblioteca y leyó los títulos: *Ensayo sobre el entendimiento humano* de Locke, *Sobre la libertad* de Mills, *Comentarios* sobre la ley de Blackstone y docenas de otros títulos. ¿Era posible que un hombre que leyera este tipo de libros fuera un asesino a sueldo? De ser así, ¿qué le había ocurrido?

El informe de Pinkerton presentaba un esquema general que daba cuenta de seis años de su vida, pero ¿qué había pasado antes? ¿Qué había ocurrido en la época anterior a su llegada a ese pueblo de Missouri donde trabajó en el astillero para cortar traviesas? Si él era un misterio para otros, era un mayor misterio para él mismo.

Ben Janish, bien... Ben había intentado matarlo, y, aparentemente, él había recibido dinero para matar a Ben, pero no sentía el menor deseo de hacerlo, ni de matar a ninguna otra persona.

¿Había tratado de matarlo Ben Janish porque sabía que era un hombre perseguido por la justicia? ¿O había intentado él matar a Janish y había fallado, recibiendo a cambio un disparo?

Sabía lo que debía hacer. Debía regresar, descubrir su pasado; debía saber quién y qué era. Iría a El Paso. Tenía la dirección de Dean Cullane.

Volvió al clóset y buscó cuidadosamente en los bolsillo de todas las prendas. No había cartas, ni papeles, ni direcciones... nada.

Fue luego al escritorio. Ningún resultado. Había

una buena provisión de papel para escribir, tinta y plumas, y había demás un libro de contabilidad con una lista de cifras, aparentemente sumas de dinero que alcanzaban varios miles, pero no había el menor indicio, a excepción de unas iniciales después de algunas de las cifras.

De pronto pensó en el espejo... no se había visto en un espejo desde que se había convertido en "Jonás", y no tenía la menor idea de su apariencia.

El rostro que vio era extraño. Era un rostro más bien triangular, con fuertes pómulos y un mentón bien definido. Era un rostro bien parecido, de rasgos algo rudos. Lo estudió con sentido crítico, pero no vio nada que le recordara a nadie, ni cosa alguna.

Sus ojos se fijaron en un vendaje en su cabeza que necesitaba ser cambiado. Lo retiró y luego, después de encender un fuego, calentó agua y se limpió la herida con cuidado.

Volvió al espejo. Había allí una cicatriz más antigua, evidentemente de un fuerte golpe en el cráneo. El golpe más reciente había afectado un extremo de la vieja cicatriz, abriéndole una herida en el cuero cabelludo. Buscó por todas partes, encontró un pequeño cajón con suministros médicos y volvió a vendar la herida. Estaba cicatrizando rápidamente y muy pronto ya no necesitaría vendaje. Un vendaje llama la atención, y esperaba no necesitarlo más cuando llegara a El Paso.

Encontró en el clóset una maleta de tela de tapicería y empacó allí un traje, varias camisas y otros artículos de primera necesidad; fue después al establo, desensilló el caballo pardo y lo soltó.

Ante el espejo, arregló su barba que había crecido

ya por varios días y, sentándose, brilló sus botas. De algún lugar de su memoria recordó algo: "Si quieres que los oficiales de la ley te dejen tranquilo, mantén tu pelo bien cortado y tus botas limpias y brillantes". Había algo de verdad en esto.

Luego entró al clóset, cerró la puerta tras de sí y fue hacia el buitrón. El malacate y su sistema de freno habían sido montados por un experto, y podían resistir varias veces su peso. Tomando la maleta, se dejó deslizar hacia abajo muy despacio por el buitrón.

En alguna época, las personas habían subido un cierto trecho por esta vía... podía ver las huellas de unos escalones, casi obliterados, que habían sido tallados en la roca arenisca. Se detenían al nivel de un saliente por el que se podía divisar, más allá, una oscura caverna. En otra oportunidad, se tomaría el tiempo de explorarla.

Al llegar al fondo del buitrón se detuvo a escuchar, y luego salió de allí. Estaba en una amplia y espaciosa cueva. Al frente había parte de una pared en ruinas, y tuvo que caminar rodeando las piedras caídas para llegar a la cueva exterior, formada por un saliente ahuecado por el viento y la lluvia.

Más allá, un sendero descendía abruptamente en diagonal hacia un acantilado perpendicular de unos siete metros de largo. Miró a su alrededor y vio un grueso tronco con muescas acuñado en una ranura. Lo sacó y, ayudándose con él, llegó abajo, donde lo dejó escondido entre los matorrales. Desde abajo no se podía ver el sendero en absoluto, sólo el techo formado por la cornisa.

Miró atentamente a todo el derredor. Vio un sendero, aparentemente muy antiguo, que bordeaba el frente de la roca y bajaba en un ángulo por la ladera. No había huellas en él.

Avanzó lentamente, cuidando de pisar sobre las rocas para no dejar rastro de su paso. De pronto se detuvo. A la vuelta de la roca vio una cabaña de piedra nativa, con un corral de troncos, algunas gallinas y unas pocas gallinetas. Había también en el corral varios caballos y tres vacas.

Se dirigió a la cabaña, caminando con precaución. Salió un mexicano que se dirigió al corral. Tomando un lazo, enlazó un caballo y lo condujo afuera.

Habló al mexicano, quien simplemente levantó una mano y fue hacia la cabaña, de donde regresó con una silla y el resto de los aperos.

Ahora estaba ya bien seguro de ser Ruble Noon.

—¿Ha venido alguien? —preguntó.

El mexicano movió su cabeza negativamente. Sus ojos se fijaron en el vendaje, apenas visible bajo el sombrero de Noon, pero no dijo nada. Era un viejo, de contextura cuadrada y sólida, un hombre musculoso con un rostro arrugado y cicatrizado.

Noon tocó su vendaje.

—Un barranco seco —dijo—, tuve suerte.

El mexicano se encogió de hombros y señaló hacia la casa haciendo la señal de comer. Cuando el hombre abrió la boca, Ruble Noon pudo ver que no tenía lengua.

Noon meneó la cabeza y, convencido de que el caballo ensillado era para él, se acercó y tomó las riendas. El caballo relinchó suavemente, como si lo conociera.

—Volveré en aproximadamente una semana —dijo, y el viejo mexicano asintió.

El sendero descendía abruptamente, pasaba por una escotadura en los acantilados y continuaba hacia el sureste. Al comienzo, no vio huellas en el camino, luego unas pocas, evidentemente de hacía varios días. Después de cabalgar por una hora, vio algo que brillaba al sol, a una cierta distancia... era una carrilera.

Continuó por el sendero y de pronto vio que iba paralelo a la carrilera y tal vez a un poco más de un kilómetro de distancia de esta. En ese punto había piedras y arbustos, pero un espacio detrás de ellos estaba marcado por múltiples huellas de caballos, o de un caballo que hubiera pasado por allí muchas veces. Era un excelente punto de observación, desde donde un hombre podría esperar sin ser visto, divisando tanto los rieles como la estación.

La estación no era más que un vagón de carga sin ruedas, con una chimenea hecha de un tubo de estufa, y una señal para detener los trenes.

Después de observar durante varios minutos, concluyó que el lugar estaba desierto y continuó su camino por el sendero. Este se curvaba entre un laberinto de grandes rocas, junto con varios otros senderos que se le unían, y luego se dirigía hacia la carrilera y la estación.

La puerta de la estación estaba sin seguro. La abrió y entró. Había una estufa de hierro, una caja para leña, una banca y unas pocas revistas desteñidas. Salió de nuevo, levantó la señal de pare y se sentó a esperar.

El horario, manchado por los excrementos de moscos, le indicó que el tren pasaría en dos horas... un tren de carga.

Todo estaba tranquilo. En algún lugar del llano

oyó el canto de un pájaro, pero no había ningún otro ruido. Miró a través de la planicie hacia las montañas lejanas.

Tal vez pronto lo sabría. En algún lugar habría algún indicio. Si ahora era Ruble Noon, era posible que siempre hubiera sido Ruble Noon... pero ¿si hubiera sido otra persona antes de eso? ¿Qué *fue*? ¿*Quién* fue?

Escuchó el tren a la distancia. Podía escuchar la vibración de los rieles.

# CAPÍTULO 7

APARECIÓ EL TREN, sonó el silbato y las ruedas golpeteaban al correr por los rieles. Estaba compuesto de la locomotora, dos vagones de carga, tres vagones de ganado y un vagón de cola.

El guardafrenos se bajó del tren.

—Suba —dijo—. Vamos retrasados.

—¿Qué hago con mi caballo?

Dio una mirada al animal y luego le mostró un vagón para animales vacío.

—Súbalo ahí, pero apúrese.

Recostada contra la pared del edificio había una rampa improvisada con tres tablones unidos con puntillas. Noon tomó un extremo y el guardafrenos el otro y la colocaron en posición. El caballo subió al vagón y, en cuestión de minutos, estaban en camino.

Al regresar al vagón de cola, el guardafrenos fue a la estufa y tomó la cafetera.

—¿Quiere? —dijo.

—Claro que sí —dijo Noon.

El empleado del ferrocarril le alcanzó una taza. El café estaba caliente, negro como la medianoche y cargado.

—No lo entiendo —dijo el hombre—. He hecho este recorrido cincuenta veces, tal vez, sin encontrar jamás a nadie en esa estación, a excepción de usted.

—Es una región solitaria.

—Sí… así es. Pero hay mucho territorio solitario, y usted es el único que conozco que tenga su propia estación de tren.

Noon se encogió de hombros.

—No me quejo. Ahorra tiempo.

El guardafrenos terminó su café y salió a revisar el tren. Noon dejó su taza y se estiró en la banca.

Unas horas después el guardafrenos lo despertó.

—¿Tiene hambre? Nos detendremos más adelante. La comida allí es muy buena.

—Gracias.

Era de noche. Escuchó el silbato del tren durante un tiempo prolongado, miró hacia adelante y vio un dedo de luz de la locomotora que se abría camino por entre la oscuridad. Más atrás se veía el resplandor rojo de la caja de carbón encendido. El silbato sonó de nuevo con un prolongado llamado hacia la noche.

Por un tiempo permaneció sentado mirando por la ventana hacia la oscuridad. Vio entonces las luces de un pueblo un poco más adelante, un pueblo de buen tamaño. Sacó su reloj; era un poco más de las once de la noche.

El tren se detuvo.

—Estaremos aquí unos veinte minutos —dijo el guardafrenos—. No se aleje demasiado.

Noon bajó del tren, detrás del guardafrenos, y caminó hasta la estación. Había allí un comedor, y varios hombres estaban ya comiendo en una larga mesa. Dos de ellos que parecían ser vaqueros estaban parados en el bar acariciando sus jarros de cerveza.

Cuando entró el guardafrenos, voltearon a mirar hacia la puerta, primero al guardafrenos y luego a Noon. Uno de los vaqueros dijo algo en voz baja al hombre que tenía al lado, y este miró con más atención.

Ruble Noon se sentó, se sirvió un trozo de carne demasiado asado y un poco de puré de papa y comenzó a comer. Descubrió que tenía mucha hambre.

El guardafrenos habló por un lado de la boca.

—No lo conozco, señor, pero parece que está en problemas.

Noon escuchaba, pero no levantó la vista.

—Bien —dijo, y luego agregó—: No se inmiscuya en esto. Déjeme manejarlo.

—Son dos —advirtió el guardafrenos—, y hace meses que no tengo una buena pelea.

—Bien —dijo Noon—, si usan sus puños. Pero si se trata de pistolas, déjemelos a mí.

Podía oír la conversación en voz baja en el bar. Uno de los hombres le protestaba al otro, pero el primero no aceptaba. De pronto, habló en voz alta.

—¡Usted, allá! ¡Usted, el del saco azul! ¿No lo he visto en alguna parte?

—Es posible —El tono de voz de Ruble Noon era tranquilo—. He estado allá.

El hombre había bebido lo suficiente como para no entender.

—¿Ha estado dónde? —preguntó.

—Allá —respondió Noon en voz baja.

Por un momento hubo silencio, y en el silencio alguien se rió. El hombre que se encontraba en el bar se disgustó.

—Lo he visto en alguna parte —insistió.

—No creo que me conozca —dijo Ruble Noon. Terminó su café y se puso de pie—. Si me conociera, mantendría la boca cerrada.

Salió y el guardafrenos lo siguió, mirando hacia atrás sobre su hombro.

—Creo que van a salir —dijo—. No van a dejar las cosas así.

—Subamos al tren.

—¿Tiene miedo?

Ruble Noon volteó rápidamente su cabeza para mirar al guardafrenos.

—No, no tengo miedo, pero tengo la suficiente cordura como para no enfrentarme a tiros con un par de vaqueros medio borrachos por algo sin importancia.

En ese momento sonó el silbato del tren.

Ruble Noon siguió caminando, tomó con la mano la barandilla y subió al peldaño. Los dos vaqueros habían salido del restaurante y se disponían a seguirlos. El guardafrenos vaciló un momento y luego abordó el tren mientras hacía una apresurada señal con su linterna.

Uno de los vaqueros empezó a correr tras ellos.

—¡Oiga, usted! ¡No se puede salir con la suya! Usted...

Ruble Noon entró, seguido del guardafrenos, quien le dio una mirada dudosa.

—¿Qué quiso decir allá? Es decir, cuando dijo que si supiera quién era usted, mantendría la boca cerrada?

—Sólo palabras.

—Eso pensé —dijo el guardafrenos. Pero no parecía muy seguro, y siguió observando fijamente a Noon—. No lo entiendo —dijo por fin—. Hay algo aquí que no entiendo.

—Olvídelo. —Ruble Noon se estiró sobre la banca—. Llámeme antes de que lleguemos a El Paso.

—Ya habrá amanecido. —El guardafrenos se mostró indeciso—. ¿Se bajará del tren en el mismo lugar? ¿De este lado del pueblo?

—Claro que sí —dijo Noon, y cerró los ojos. Escuchó los pasos del guardafrenos que se alejaba, ocupado en sus cosas, y después de un rato, se quedó dormido.

El lugar donde el tren se detuvo para que bajara estaba cubierto de matorrales y árboles, cerca de un rancho desierto en las afueras del pueblo. Cuando había descargado su caballo por la rampa, vio cómo se alejaba el tren. El guardafrenos lo miraba, obviamente intrigado.

Ruble Noon también estaba intrigado. Aparentemente, había hecho este recorrido antes y quienes trabajaban en el tren lo conocían, pero no sabían ni qué hacía ni por qué se le debía conceder tal privilegio. Indudablemente había alguna conexión oficial. Tal vez parte de su "trabajo" había tenido que ver con el ferrocarril. Se necesitaría alguien con mucha autoridad para disponer una situación semejante.

No había nadie en los alrededores de la pequeña vivienda. Vio un aljibe, bajó un balde y sacó agua para él y su caballo.

La puerta de la vivienda estaba cerrada, pero se abrió al empujarla con la mano. El lugar estaba lleno de polvo, pero, por lo demás, había sido arreglado y estaba en buen estado. Había una cama y un aparador totalmente vacío. Hacía frío y el silencio era total. El lugar estaba oculto a la vista por un seto de mesquites y unos pocos álamos.

Salió de nuevo y vio un par de pilas de heno cerca del corral. Tomó un poco de heno para el caballo, y se acurrucó en la sombra a pensar en su situación. Decidió que sería mejor esperar a que fuera de noche antes de entrar al pueblo.

Mientras estuvo allí sentado, pensó de nuevo en los dos vaqueros del restaurante cerca de la estación donde se habían detenido. Por primera vez pensó en el que había tratado de evitar cualquier problema. Ese, decidió, no había estado tomando. Además, había algo peculiar en su actitud, una cierta precaución. ¿Sería su imaginación, o ese vaquero se había mostrado especialmente ansioso por evitar cualquier problema?

¿Fue simple casualidad que se encontraran allí? ¿Y si alguno de ellos hubiera estado allí con algún propósito, y el otro lo hubiera encontrado por accidente? ¿Si uno de ellos fuera un espía, un vigía, por así decirlo, con la misión de informar a alguien si Noon se acercaba a El Paso?

Estaba imaginando cosas. No estaba seguro de nada, pero estaba encontrando cosas sospechosas por todas partes.

Sin embargo, no podía sacar de su mente la actitud de uno de esos dos hombres, la forma como había mirado a Ruble Noon. Ese sabía a quién estaba viendo, pero no había querido llamar la atención.

Está bien... tomémoslo desde ahí. Suponiendo que alguien en El Paso hubiera descubierto que Ruble Noon usaba esa vía de acceso. Suponiendo que alguien hubiera enviado a un hombre a vigilar para detectar su llegada en el lugar más lógico: el restaurante y bar al que frecuentaba la tripulación del tren.

La persona que deseaba esa información podría ser de uno de dos tipos. Podría tratarse de alguien que quisiera contratarlo para un trabajo, o de alguien que quería verlo muerto… alguien que, por una u otra razón, le tenía miedo.

Si sabían acerca de esta vía hacia el pueblo, es posible que también conocieran este lugar. Inclusive, en este mismo momento, podría estar justo en medio de una trampa.

Permaneció sentado muy quieto, con el ala de su sombrero agachada. Sus ojos, así ocultos, buscaban afanosamente posibles escondites.

La pila de leña allá lejos… sería posible, aunque no probable; resultaría demasiado difícil entrar o salir de allí. ¿Bajo las matas de mesquite? Sus ojos se fijaron en ese punto, y de pronto todos sus sentidos estaban alerta. ¿Era posible que su sexto sentido, o tal vez todos sus otros sentidos juntos, intentaran advertirle algo? ¿O era sólo su imaginación que le hacía sospechar que alguien podía estarlo acechando?

¿Estaban esperando que hiciera algún movimiento? De ser así, ¿por qué? Si querían matarlo, ¿por qué no lo habían intentado todavía?

Repasó cada uno de sus movimientos. Había llegado a este lugar oculto por la maleza y los árboles; sólo había estado al descubierto por un momento mientras daba de comer al caballo y entraba a la casa.

Si alguien lo estaba esperando aquí, ese alguien estaba atento a que hiciera algo que era de esperarse y que aún no había hecho. Era evidente que aún no se había colocado en la línea de fuego; pero ¿por qué el hombre no se ubicaba en otra posición? Si aún no lo había hecho, debía de ser porque no podía hacerlo sin llamar la atención. Esto indicaba que ese hombre que aún no había visto, si era que existía, estaba en un lugar en el que, si se movía, llamaría la atención hacia su ubicación. Sería, sin duda, una posición donde contaba con una vía de escape fácil, en caso de que fallara el tiro.

¿Suponiendo que hubiera llegado a este lugar con sus recuerdos claros? ¿Qué habría hecho? Debido a que no había provisiones en la casa, ni ninguna indicación de que estuviera habitada, era probable que se hubiera ido cabalgando. Sin duda, eso era lo que había hecho anteriormente. Si el francotirador pensaba que ese era el caso, ¿dónde podría estar? Obviamente, tenía que estar en algún lugar a lo largo del camino que salía del rancho, en algún lugar que no le permitía ver directamente el patio del frente del rancho.

¿Era todo esto producto de su imaginación? O ¿habría realmente alguien escondido en las proximidades, alguien al acecho, dispuesto a matarlo?

Si había un hombre esperando, lo más probable era que para esta hora estuviera nervioso e intranquilo. Tal vez podía provocarlo y obligarlo a moverse. Pero, por otra parte, podía tener la paciencia de un indio y permanecer inmóvil, sabiendo que, tarde o temprano, Noon tendría que dejar ese lugar.

Se levantó y entró a la casa, dirigiéndose al cuarto de atrás. No quería matar a nadie, pero tampoco quería que lo mataran. Miró por la ventana de atrás.

A unos once metros había una zanja oculta por la maleza. La observó durante un buen rato. Parecía un lugar conveniente, demasiado conveniente. Mirando alrededor, vio una olla grande como las que utilizan los mexicanos para enfriar el agua. En la cama había una vieja manta. La tomó, la envolvió alrededor de la olla, puso su sombrero en la parte superior y la subió hasta la ventana. Se veía como un hombre dispuesto a salir por ahí. Alguien que estuviera apostado, esperando con un rifle, nervioso por la espera, podría...

No había transcurrido ni un instante después de colocar la olla cuando se oyó un estruendo de tiros... más de dos rifles... al menos tres. La olla se quebró bajo su mano.

Corrió a toda prisa al frente de la casa y pudo llegar a tiempo para ver a un hombre que salía a toda prisa de detrás del establo hacia el caballo de Noon. Si tomaban su caballo, quedaría atrapado... y lo podrían matar cuando y como quisieran.

Nunca supo a qué horas desenfundó su pistola. Ver al hombre corriendo, darse cuenta de lo que esto significaba y su instinto de sacar la pistola fueron tres cosas que debieron de ocurrir en forma simultánea. Oyó el ruido de su pistola dentro de las paredes de la habitación al disparar por la puerta abierta.

El hombre que corría dio dos pasos, luego tropezó y cayó al suelo. Después, se produjo un gran silencio...

El piso de tierra pisada del patio estaba vacío, a excepción del hombre muerto y el caballo. El caballo pardo se había acercado, con movimientos nerviosos.

Manteniendo su voz baja, Ruble Noon lo llamó, y el animal miró hacia él, indeciso.

Oyó el sonido de una bota contra el cascajo, detrás de la vivienda. Venían tras él. El caballo estaba ahora más cerca, a no más de seis o siete metros. El largo establo formaba un muro entre el patio y los matorrales que se encontraban más allá. Habían por lo menos tres hombres detrás de él y lo buscaban. Podía intentar llegar al caballo...

De repente supo que no correría. No por el momento. Eso era lo que tenían planeado, eso era lo que esperaban que hiciera. Retrocedió hacia un rincón desde donde podía vigilar la puerta y las ventanas al mismo tiempo.

Abrió con el pulgar el cargador de su Colt, sacó el cartucho vacío e introdujo uno nuevo. Moviendo el cilindro, introdujo otro cartucho. Ahora su Colt de seis tiros estaba con la carga completa. Podía ver una sombra en la ventana. Alguien miraba al interior de la habitación, pero el rincón donde Noon se encontraba de pie no podía verse desde allí.

Había otra persona en la puerta. ¿Serían tan osados como para intentar una entrada precipitada?

—¡*Ahora*!

La palabra resonó como un trueno, y tres hombres saltaron dentro de la habitación, dos a través de las ventanas y uno por la puerta. Fue su primer error.

Entraron de la brillante luz del sol a la habitación en penumbra, y uno de los hombres tropezó al caer de la ventana. Todos traían pistolas, pero sólo uno pudo disparar. Disparó mientras caía, y el tiro entró al piso.

Ruble Noon disparó cuando entraron, sostuvo la pistola en su mano y esperó un lento minuto mientras miraba las ventanas y la puerta. Uno de los hombres que estaba en el piso se movió y se quejó. Noon se sentó sobre sus talones y permaneció inmóvil.

Afuera nada se movía, y luego escuchó el llanto de una urraca. Después oyó el golpeteo de cascos de caballo que se alejaban a toda velocidad... un jinete.

Pensaron sorprenderlo, sin tener en cuenta la penumbra del interior, y él se encontraba en el rincón más oscuro, en el último lugar en el que sus ojos podrían enfocarse.

Ahora el hombre herido lo miraba con sus ojos muy abiertos, llenos de dolor.

—¿Me va a disparar? —le preguntó.

—No.

—Dijeron que usted era un asesino.

—¿Quién lo dijo? ¿Quién lo contrató?

—No se lo voy a decir. Dijeron que usted era un asesino que mataba por la espalda.

—No necesito dispararle a nadie por la espalda.

—No —admitió el herido—. Supongo que no... pero aún hay uno más allá afuera.

—No. Se fue a caballo... lo escuché. —Ruble Noon pensaba. Dijo—: ¿Qué hará? ¿Traerá más hombres?

—¿Él? —El herido se expresaba con ira—. ¿Ese gusano? Hará que se le caigan las patas al caballo en su carrera por escapar. ¡Nunca fue un hombre que supiera pelear!

Ruble Noon enfundó su pistola y se acercó al herido. Había recibido dos disparos, uno le atravesó el hombro, el segundo le atravesó la pierna. Trabajando con la mayor rapidez posible, Noon taponó las heridas y las envolvió en vendajes que improvisó con la camisa de uno de los muertos.

—¿Dónde dejó su caballo? —le preguntó.

El hombre lo miró fijamente.

—Me va a correr de aquí?

—Lo voy a sacar de aquí. ¿O prefiere tener que explicar qué pasó con ellos? —hizo un gesto señalando

a los muertos—. Usted vino aquí a asesinarme a mí...
¿recuerda?

—Pues no lo logramos —dijo el hombre—. Usted
nos ganó en astucia.

Noon recogió las pistolas de los muertos y las empacó afuera. Buscó los caballos de las víctimas y amarró a cada muerto en uno de ellos. A cada uno le
aseguró una nota con un alfiler en donde decía:

INTENTÓ ELIMINAR A RUBLE NOON

Luego soltó los caballos.

El herido se incorporó apoyándose en un codo.

—¿Para qué les pegó esos papeles?

—No importa —respondió Noon, y se sentó—.
Ahora usted y yo vamos a tener una pequeña conversación.

El pistolero lo miró con desconfianza. Era un hombre barbado, de facciones duras, con la nariz rota.

—¿Sobre qué?

—Sobre la persona que lo contrató.

—¿Y suponiendo que no quisiera hacerlo?

Ruble Noon se encogió de hombros.

—Sólo le quitaré esos tapones que le puse y no le
diré a nadie dónde está. Tal vez alcance a caminar
unos kilómetros, pero lo dudo. Empezará a sangrar
de nuevo y antes del anochecer se convertirá en comida de los buitres.

El pistolero se acostó y cerró los ojos.

—Señor, no sé quién fue. Estos muchachos y yo estábamos en un lugar... era la Taberna Acme. Entró
un hombre allí al que conocíamos con el nombre de

Peterson. No era su verdadero nombre, pero eso no importa. De cualquier manera, dijo que podíamos recibir cincuenta dólares por cabeza y quería a cinco de nosotros para un tiroteo.

"Dijo que se trataba de un hombre muy conocido, y que no había que preocuparse por la ley si lo hacíamos. En una época, este Peterson había estado en la policía montada de caminos, y conocía a mucha gente en el pueblo. Creímos en su palabra. Lo habíamos visto hablar con algunos hombres poderosos de El Paso, como A. J. Fountain, los Mannings, Magoffin y otros como ellos.

"Nos explicó lo que teníamos que hacer, pero todo el tiempo supimos que hablaba a nombre de otra persona, no a nombre propio. ¿Sabe usted? Este Peterson conocía mucha gente de lado y lado de la cerca, y antes había sido una especie de intermediario. Si alguien quería vender ganado robado, Peterson siempre podía indicarle cómo hacerlo.

"Ahora bien, cincuenta dólares equivalen a casi dos meses de salario para un vaquero, por lo que aceptamos su oferta. No sé quién le pagó a él".

Ruble Noon consideró la historia. Aparentemente, el hombre decía la verdad, y la historia parecía cierta.

—Está bien —dijo—. Tengo su caballo allá afuera. Voy a ponerlo en él y llevarlo a cierta distancia. Cuando lleguemos cerca a El Paso, lo soltaré.

Permaneció de pie por un momento, pensando en Peterson. No era probable que pudiera hacer hablar a Peterson, porque parecía ser un hombre duro. Había trabajado con la policía montada de caminos, y probablemente se había corrompido después de dejarlos... o, como suele suceder, pudo haber sido expulsado si se dieron cuenta de que tenían un huevo podrido en la canasta.

Cuando esos hombres muertos llegaran al pueblo amarrados a sus caballos, Peterson sería uno de los primeros en saberlo y es probable que se lo comunicara al que lo había contratado. Vigilando a Peterson, Ruble Noon podría ubicar a ese hombre.

Ahora, colocó al herido sobre su caballo y condujo al animal lejos del rancho abandonado. Cuando ya habían avanzado un buen trecho por el camino de El Paso, soltó al caballo con su jinete.

Salió del camino hacia los arbustos de mesquite y cabalgó en círculo buscando tierras más bajas, en dirección a El Paso, por la mejor vía escondida que pudo encontrar.

¿Había estado antes aquí? Parecía probable. ¿Debería dejar que sus instintos lo guiaran con la esperanza de que su memoria oculta lo llevara a los sitios correctos?

Pero esos sitios podrían ser ahora los peores para él, y cualquier hombre que viera podría ser un enemigo. O tal vez él era un fugitivo buscado por la ley.

Siguió adelante, cabalgando con cautela, pero tenía un mal presentimiento. La cabeza comenzaba a dolerle de nuevo y estaba muy cansado. El sol estaba ardiente, y deseaba acostarse en la sombra a descansar, pero no había tiempo.

Cabalgaba hacia algo, pero no sabía qué. De lo único que estaba seguro ahora era de que era Ruble Noon, un hombre temido, un hombre que contrataba su pistola para matar, un hombre que él no deseaba ser.

No sabía qué, fuera lo que fuera, lo había convertido en lo que era ahora; sólo sabía que no quería seguir siéndolo. Lo malo era que tenía que serlo. Para dejar de ser lo que era ahora, tendría que morir... y dejaría esa muchacha allá atrás, sola e indefensa.

Siguió cabalgando en la calurosa tarde, y se abrieron ante él las calles del pueblo.

# CAPÍTULO 8

AL ENTRAR AL pueblo, vio a su derecha una calle que se separaba de la calle principal, y la tomó. Había cabalgado sólo unos cientos de metros cuando vio un gran establo de madera con las puertas de par en par. Un viejo mexicano estaba sentado al frente. Cerca había un pozo y una bomba de agua.

Se detuvo.

—¿Tiene espacio para otro caballo? —preguntó.

El mexicano lo miró.

—Esta no es un caballeriza, señor —le dijo—, pero si lo desea…

Ruble Noon bajó del caballo.

—Fue lo primero que vi —le dijo—, y estoy agotado. ¿Cuánto me cobra por alojar el caballo y permitirme un lugar donde me pueda lavar?

—¿Cincuenta centavos?

—Está bien.

Siguió al mexicano hasta el establo, y el viejo le señaló una pesebrera. Llevó allí al caballo, luego subió a la parte alta y echó un poco de heno por el deslizadero hasta la pesebrera.

Cuando bajó, le dio cincuenta centavos al mexicano y lo siguió hasta el pozo de agua. El mexicano le alcanzó un recipiente de lata, y bombeó agua hasta llenarlo para lavarse la cara y las manos y luego peinarse. Utilizando su sombrero, se sacudió el polvo de los pantalones y las botas.

Cuando se dispuso a marcharse, el viejo le dijo:

—¿Desea dormir aquí, señor? Hay un catre allá adentro. —Señaló hacia una habitación en el rincón del granero—. Y no hay bichos.

—¿Cuánto?

El mexicano sonrió.

—Cincuenta centavos.

—Está bien.

Se dio la vuelta para irse y el hombre le habló de nuevo.

—Tenga cuidado, señor.

Se detuvo, y sus ojos trataron de detectar algo en la cara del viejo.

—¿Por qué lo dice?

El hombre se encogió de hombros.

—Es un pueblo impredecible. El ferrocarril ha traído muchos forasteros. Ha habido balaceras.

—Gracias —dijo Noon.

El sol se había ocultado, y al desaparecer, había comenzado el frío del desierto. Caminó hasta la siguiente calle y vio el letrero de El Coliseo, una taberna con revista de variedades. La evitó... por alguna razón, parecía tener la impresión de que El Coliseo y Jack Doyle's eran los lugares más populares del pueblo.

En un pequeño restaurante calle abajo, pidió frijoles, tortillas y carne al horno y tomó un vaso de cerveza. Mientras tomaba su café, veía cómo se iban encendiendo las luces. Los hombres iban y venían mientras esperaba allí. Después de comer, se sintió mejor, y el dolor se hizo menos intenso, pero estaba extrañamente nervioso; no era, ni mucho menos, lo que quería sentir.

Se levantó para pagar la cuenta, y un hombre de baja estatura que comía en una mesa cercana se dio vuelta de repente para observarlo... y se quedó mirándolo fijamente.

Ruble Noon pagó su cuenta y salió, pero se sentía intranquilo. Había caminado unos poco metros cuando miró hacia atrás y vio que el hombre estaba parado en la puerta del restaurante mirándolo mientras se alejaba.

Dobló la esquina, caminó una cuadra y atravesó la calle. Miró hacia atrás y no vio a nadie, pero estaba preocupado. Ese hombre se había interesado en él, y tal vez lo había reconocido. Entre más pronto hiciera lo que había venido a hacer en este pueblo y saliera de aquí, mejor.

Vio al frente la Taberna Acme... y luego vio el letrero de la oficina de Dean Cullane. Quedaba en el segundo piso, y se llegaba a ella por una escalera exterior. No había luz en las ventanas y el lugar parecía vacío.

Se detuvo y fingió limpiarse la cara mientras miraba calle arriba y calle abajo. No había nadie, y subió rápidamente la escalera. Al llegar arriba golpeó, y al no recibir respuesta intentó abrir la puerta. Estaba con llave.

Miró hacia abajo, pero no había nadie en la calle. Sacó su navaja, introdujo la punta de la hoja en la cerradura y, desplazando hacia atrás el pestillo, empujó la puerta con el hombro. Esta no ajustaba bien y se abrió sin dificultad. Entró y la empujó tras él para cerrarla.

Se detuvo... escuchando atentamente.

Afuera se oía solamente el lejano sonido de un piano. Esperó mientras sus ojos se acostumbraban a la penumbra apenas iluminada por una débil luz que entraba por las ventanas.

Vio que la habitación tenía un escritorio de cortina, una silla giratoria, otra silla y un sofá de cuero. Debajo de un estante lleno de libros había también una mesa tapizada de papeles. Había en el suelo una escupidera de bronce.

Había una puerta ligeramente entornada, y por esa pequeña rendija vio la boca de un revólver. Supo entonces que lo que lo había perturbado desde el momento en que entró a este lugar era un leve olor a perfume mezclado con el olor de tabaco rancio.

—No vale la pena que me dispare —dijo—. No ganaría nada. Y además —se la jugó toda en una intuición— tendría que explicar qué estaba haciendo aquí.

La puerta se abrió más, y pudo ver a una joven allí de pie, aún apuntándole con la pistola.

—¿Quién es usted? —preguntó.

Él sonrió en la oscuridad, y parte de su sonrisa se detectaba en el tono de su voz cuando respondió:

—Yo no le pregunté eso a usted.

—Está bien, entonces, ¿qué desea?

—Encajar algunas piezas de un rompecabezas.

—¿Qué era para usted Dean Cullane? —preguntó la muchacha.

—Un nombre, nada más. Sólo que alguien me disparó, y ese es el tipo de cosas que despierta la curiosidad de un hombre.

—Dean Cullane no le habría disparado a nadie... al menos no creo que lo hubiera hecho.

—Uno nunca sabe, ¿cierto? A veces disparan las personas que uno menos espera que lo hagan. Usted misma tiene una pistola.

—Pero yo sí dispararía, señor. Lo he hecho antes.

—¿Y ha matado a alguien?

—No tuve tiempo de asegurarme. De todas formas, Dean Cullane no le disparó, entonces ¿quién lo hizo? Y ¿por qué está aquí?

—El hombre que me disparó había recibido dinero para eliminarme. Es el tipo de personas que hace esas cosas por dinero.

—¡*Ruble Noon!* —exclamó ella.

—¿Es él el único? He oído decir que hay docenas de ese tipo de hombres aquí en El Paso, o más allá en Juárez, asesinos a sueldo.

Para ahora, ya se había dado cuenta de que la muchacha era joven y aparentemente atractiva, bien vestida, pero no como para la calle… al menos no de las calles de El Paso a esta hora. Y no de las proximidades de la Taberna Acme a ninguna hora.

—Sea cual fuere la razón por la cual está aquí —dijo ella—, no tiene nada que hacer en esta oficina. Usted forzó la puerta.

—¿Y usted tenía una llave? Tal vez Dean Cullane tuvo una razón para darle una llave.

—Él no me la dio, y eso no significa lo que usted piensa. Dean Cullane era mi hermano.

—¿*Era?*

—Está muerto… lo mataron… lo asesinaron.

—Lo siento. No lo sabía. Si usted es su hermana, tiene derecho a estar aquí. —Estiró la mano para tomar la lámpara de kerosén—. ¿Le parece bien si encendemos una luz?

—¡No! ¡No lo haga, por favor! Me mataría a mí también.

—¿Quién?

—Ruble Noon... el hombre que mató a Dean.

Él se quedó muy quieto, escuchando con la esperanza de oír una voz interior, pero nada le habló... ¿En realidad había matado él a Dean Cullane?

—Dudo que mate a una mujer —dijo—. Eso no se hace, usted sabe.

Quitó el tubo de la lámpara, encendió un fósforo y lo acercó a la mecha. Mientras lo hacía, ella bajó la pistola, y cuando volvió a poner el tubo a la lámpara, se miraron a través de la habitación.

Vio una joven delgada, con cabello cobrizo y ojos negros; al menos, en esta luz, se veían oscuros. Llevaba un vestido de fiesta, pero tenía una capa oscura sobre su brazo. Era hermosa... una verdadera belleza.

Ella miró la manga de su saco.

—¿Dónde obtuvo ese saco? —Su voz había tomado repentinamente un tono frío—. Pertenece a mi hermano, es el saco de Dean. Yo lo acompañé a escoger el paño.

—¿Lo es? Todo lo que sabía es que no era mío. Debo haberlo tomado por error.

—¿No lo sabe?

—No —tocó su cabeza—. Me hirieron en la cabeza. Creo que intenté escapar de algún lugar después de que me dispararon, y debo haber tomado el saco del lugar donde había dejado colgado el mío.

—¿Dónde?

—Al noreste de aquí... muy lejos... Usted mencionó a Ruble Noon. ¿Su hermano lo conocía?

—No, pero intentaba descubrir quién era, qué era. No sé por qué, pero creo que Dean tenía alguna información que se relacionaba de algún modo con Ruble Noon. Me dijo que tenía que verlo, que tenía que hablarle, y parecía creer que sabía dónde encontrarlo.

—¿Está usted vestida para una fiesta? —le preguntó.

—Sí. Vine de una fiesta en casa de unos amigos, y debo regresar. —Pero no hizo el menor ademán de irse. Le estaba prestando toda su atención—. ¿Qué va a hacer usted? —le preguntó.

—Quedarme aquí y buscar.

—¿Buscar qué?

—Verá, señorita, alguien me disparó. Antes de que lo intenten de nuevo, quiero saber por qué disparan. Tomé el saco de Dean Cullane en el lugar donde me dispararon, o en algún lugar cercano. Dean Cullane es mi única pista... con excepción de otra.

—¿Cuál?

—Sé quién me disparó. —Hizo una pausa—. ¿Qué sabe usted del Rafter D, de las instalaciones de Tom Davidge, señorita Cullane?

Ella se mostró indecisa. Era evidente que sabía algo, y parecía que se preguntaba si debía decírselo o no.

—No sé nada acerca de ese rancho —dijo por fin—. Sí conocí a Fan, la hija de Tom Davidge. Fuimos al colegio juntas.

No estaba llegando a ninguna parte. Y no tenía mucho tiempo, porque, sin duda, quienes habían mandado hombres a matarlo ya sabían que estaba en El Paso. También tendrían una idea de dónde encontrarlo.

Mientras hablaba iba examinando detenidamente la habitación, tratando de ubicar posibles escondites donde encontrar lo que deseaba.

—Debemos irnos —dijo ella de pronto—. Se preguntarán dónde estoy.

—Yo me quedaré —respondió él.

Ella le sonrió.

—Claro, no puedo exigirle que me acompañe, pero ¿permitiría un caballero que una dama anduviera sola por las calles de El Paso a esta hora?

Él se encogió de hombros.

—Espero ser un caballero, señorita, pero tengo la clara impresión de que usted llegó aquí sola... y, además, está armada.

Ella lo miró con los ojos entrecerrados en un gesto de ira. Esta jovencita tenía un temperamento fuerte, y estaba acostumbrada a salirse con la suya.

—Si usted se queda aquí —le dijo—, haré que lo arresten. Entró aquí por la fuerza, como un ladrón. Sospecho que lo es.

Tuvo la impresión de que haría lo que decía, y respondió: —Está bien. La acompañaré de vuelta a la fiesta.

Tomó su llave para cerrar la puerta, pero ella estiró la mano para recibirla y se vio obligado a devolvérsela. Bajaron la escalera y avanzaron por la calle, doblaron la esquina y bajaron por la siguiente calle. Podía oír la música y las risas aún antes de ver la casa.

Era una casa de madera pintada blanca con muchas decoraciones de pan de jengibre bordeando las cornisas. La acompañó hasta la escalera y se detuvo, dispuesto a regresar.

—¿Peg? ¡Peg Cullane! ¿Quién está contigo?

Una muchacha bajó la escalera. Era más baja que Peg Cullane, rubia, hermosa y regordeta. Lo miró y se rió.

—¡Peg es la única chica en el pueblo que puede salir a tomar aire fresco y regresar con el hombre más apuesto del lugar!... ¿Bien? ¿Va a entrar?

—Lo siento —dijo Ruble Noon—. Debo irme. Sólo vine a acompañar a la señorita Cullane de regreso a la fiesta.

—¡Oh, no, no lo hará! No sin haber bailado conmigo al menos una vez. Peg, ¿no nos vas a presentar?

—Mi nombre es Mandrin —dijo él—, Jonás Mandrin.

—¡Y yo soy Stella Mackay... llámeme Stella! Entremos.

Había un hombre de pelo canoso de pie en el jardín, fumando un cigarro. Ruble Noon lo vio levantar la vista rápidamente cuando dijo ser Jonás Mandrin... y luego lo observó con más atención.

¿Mandrin? Era otro de esos nombres que había venido de quién sabe dónde, sin pensarlo. Jonás Mandrin... no era un nombre común, como Tom Jones o John Smith, no ese tipo de nombres que cualquiera podía inventar en unos segundos. Era posible que, sin proponérselo en absoluto, estuviera dando algún indicio de su identidad.

Había música, y se encontró adentro bailando con Stella, pero no le quitaba la vista a Peg Cullane. Ella no bailaba. La vio dirigirse al otro extremo del salón a hablar con un joven alto. De inmediato los ojos del joven se dirigieron hacia él, y luego se dirigió a otras dos personas en el salón, y después todos se quedaron parados juntos, observándolo.

Tenía problemas... sería un tonto si no los viera venir. Stella hablaba animadamente, y él le respondía... Ella le preguntaba qué hacía aquí. Se oyó diciéndole que estaba buscando un rancho para comprarlo, que deseaba criar caballos.

Terminó de bailar con Stella, bailó con otra muchacha y se detuvo un momento a un lado del salón. El hombre que había estado fumando en el jardín se acercó y le habló en voz baja. Era un hombre mayor, muy apuesto, con facciones bien definidas y una expresión erudita.

—Joven —le dijo—, si quiere seguir con vida después de esta noche, es mejor que desaparezca. —Hizo una corta pausa—. La verja al final del jardín está abierta. Pase por ahí a la casa vecina. La puerta lateral. Del otro lado de la casa, la puerta lateral está abierta. Entre y siéntese en esa habitación, pero no encienda la luz.

—¿Es una trampa?

El viejo sonrió.

—No, Jonás Mandrin, no es una trampa. Es mi casa, y soy el Juez Niland. Estará seguro en mi casa. —Todo esto fue dicho en voz baja.

La música comenzó de nuevo, y bailó a través del salón por entre la multitud. Cuando llegó cerca de la puerta de la cocina y frente a los tres jóvenes, le susurró un rápido adiós a la muchacha con la que bailaba y se escapó a través de la cocina. Comenzó a correr.

Afuera estaba oscuro. No abrió la verja, sino que apoyó suavemente una mano sobre ella y la saltó. Cayó de pie al otro lado y, rodeando un enorme álamo, se encontró en el jardín de la casa del juez. Fue a la puerta del lado opuesto, que se abrió al contacto con su mano, y entró en una habitación oscura.

El aire era pesado; la habitación estaba en silencio, a excepción del tictac del reloj. Sólo podía escuchar música tenue proveniente de la casa que acababa de dejar. A tientas encontró una silla, y se sentó.

Un momento después escuchó los pasos de alguien que corría y la voz de alguien que maldecía. Se levantó de la silla y, acercándose agachado a la puerta, le puso el seguro.

Oyó los pasos que se acercaban, y una mano que intentó abrir la puerta. Luego alguien dijo, en voz baja: —¡Ahí no, tonto! ¡Es la casa del juez! —y se fueron.

Se volvió a sentar en la silla, sin hacer ruido y, poco a poco, se tranquilizó. Le corría el sudor por la frente, y estaba cansado. Aún estaba débil por esa herida en la cabeza y por la pérdida de sangre.

Gradualmente su nerviosismo cedió y, al poco tiempo, se quedó dormido.

# CAPÍTULO 9

SE DESPERTÓ DE pronto, y notó que estaba totalmente escurrido en la silla. La habitación seguía oscura, pero entraba luz desde una puerta abierta al otro lado de un corredor. Se puso de pie y escuchó.

Desde la habitación donde había luz podía oír el ruido de una pluma de alguien que escribía. Avanzó por el corredor y se detuvo ante la puerta.

El Juez Niland estaba sentado frente a una mesa escribiendo. Levantó la vista y le señaló una silla.

—Siéntese. En un momento lo atiendo —dijo.

Cuando terminó lo que estaba escribiendo, pasó el papel secante sobre la hoja, se quitó los anteojos y apoyó sus manos sobre la mesa.

—Supongo que se pregunta por qué he hecho esto —le dijo—, y exactamente dónde encajo yo en este panorama.

—Sí.

—Escuché cuando se presentaba como Jonás Mandrin, y me sorprendí. Pero después de unos minutos, pensé que no tenía por qué sorprenderme... excepto que usted está vivo.

—No me ha dicho nada.

—No, supongo que no. Entonces, acepte esto como la verdad. Soy su amigo, y me gustaría seguir siéndolo. Además, podría decirse que fui amigo de Tom Davidge.

—Entonces, dígame: ¿Qué motivo tendría Peg Cullane para enviar esos hombres a perseguirme?

Ahora el sorprendido fue el Juez Niland. Miró a Noon con una mirada penetrante y dijo: —Pero eso lo debía saber. Peg siente una atracción desenfrenada por el dinero, y desea ese dinero. Fue ella quien convenció a Dean de hacer ese intento por obtenerlo. Le tienen miedo a usted, porque están seguros de que sabe dónde está.

¿*Dinero*? ¿Cuál dinero?

—Podrían estar equivocados —respondió.

—Sí, pero aún si así fuera, saben que a usted lo enviaron aquí para deshacerse de Ben Janish... ¡Oh, sí! ¡Sé quién es usted! Por eso me sorprendió cuando dijo ser Jonás Mandrin.

—¿Esperaba que me presentara como Ruble Noon?

—Claro que no. Lo que no puedo entender es cómo pudo Noon utilizar el nombre de Jonás Mandrin. A menos que...

—¿Sí?

—A menos que, de alguna forma, existiera alguna relación entre Ruble Noon y Jonás Mandrin.

Ruble Noon no hizo ningún comentario. No tenía ni la menor idea de quién era Jonás Mandrin, pero tenía mucha curiosidad de saber por qué el Juez Niland sabía que él era Ruble Noon.

Era evidente que el Juez Niland era un hombre rico e importante. La casa donde se encontraban era evidentemente lujosa. Parecía más una casa del este que una del oeste en esa época. Los muebles del este eran artículos costosos al oeste del Misisipí, y el costo de transportarlos hasta allí era alto. Las paredes de esta casa estaban tapizadas de estanterías repletas de libros, y no todos correspondían a la biblioteca de textos legales del juez.

—Yo era el abogado de Tom Davidge —dijo el Juez Niland—. Sigo siendo el abogado de su hija. Supe cuando comenzó a liquidar sus posesiones del este, y también supe por qué lo hizo. Redacté su testamento. También hice los arreglos necesarios para eliminar a Janish y a sus hombres. Eso fue un fracaso.

"Me temo que Tom creía en métodos un poco más violentos que aquellos a los que yo estaba dispuesto a prestarme. Cuando mis métodos fallaron —yo había recurrido a la ley— él lo contrató a usted.

"Tom nunca me dijo cómo se puso en contacto con usted, ni lo que sabía acerca de usted. Todo lo que estaba dispuesto a decir era que conocía el hombre adecuado para el trabajo. Sinceramente creo que si hubiera sido más joven, él mismo se hubiera encargado.

"El problema parece haber sido que hizo los arreglos para que usted recibiera su paga del peor hombre posible, dadas las circunstancias. Verá, Tom Davidge nunca se pensó que alguien más supiera lo que estaba haciendo con su dinero. Tal vez nunca sepamos cómo pudo enterarse Peg Cullane, pero el hecho es que lo supo. Ella pensaba que sabía dónde estaba el dinero, pero estaba segura que a usted también se lo habían dicho. Por lo tanto, usted tendría que ser eliminado antes de que pudiera recuperarlo… ya fuera para Fan o para usted mismo.

—Entonces ¿le dijo a Ben Janish quién era yo y por qué iba a ir allí?

—No, no lo hizo. Se aseguró de que su hermano lo hiciera. Dean se fue de aquí de un momento a otro después de la muerte de Tom, y no se le ha vuelto a ver desde entonces. Hace apenas unos días recibimos un informe que indicaba que había muerto.

—¿Y que yo lo maté?

—Algo así. —Niland lo miró con ojos inquisitivos—. ¿Lo hizo usted?

—No. —Pero mientras respondía, era consciente de que realmente no lo sabía. Pero no creía haberlo hecho, o no quería creer que así fuera.

—Se le acusó de haberlo hecho.

¿Sería esa la explicación de las personas enfurecidas que lo esperaban en la estación? ¿De los hombres que requisaron el tren?

—Si aún no ha entendido la situación —dijo lentamente el Juez Niland—, debe entenderla. Fan Davidge ni siquiera sabe que hay medio millón de dólares oculto en su rancho. No sabe que haya ningún dinero.

"Dean Cullane lo sabía, pero está muerto. Peg Cullane lo sabe, pero no se lo va a decir a Fan. Quiere ese dinero para ella misma. Y Peg no sabe que yo sé, aunque probablemente lo sospecha. Supondrá que si yo lo supiera, se lo diría a Fan, pero no lo he hecho, y ella sabe que así es.

—¿Qué me dice de Ben Janish?

—Buena pregunta. —El Juez Niland se recostó en su silla y unió las puntas de sus dedos—. Y si usted no mató a Dean Cullane, ¿quién lo hizo? Si quien mató a Dean Cullane fue Ben Janish, entonces Ben debe saber acerca del dinero. No se me ocurre otra razón por la cual quisiera matarlo.

—Entonces —comentó Ruble Noon, pensativo—, si Ben Janish lo sabe, y usted y yo lo sabemos...

El juez esbozó una sonrisa.

—Parece que tenemos que librarnos de Ben... y cuanto antes mejor.

—¿Es posible que Dean Cullane haya sabido dónde está el dinero?

—No. —La respuesta del Juez Niland fue contundente—. Tom Davidge sabía qué tipo de persona era Dean. Dean venía de una buena familia, pero era un tinterillo, uno que hacía negocios con personas que estaban por fuera de la ley y el orden, en formas que nada tenían que ver con su profesión de abogado. Es posible que Davidge utilizara a Dean como intermediario para cubrir su propio rastro, pero jamás le haría una confidencia. Claro está que eso no excluye la posibilidad de que Dean se haya enterado de que Davidge tenía el dinero.

Ruble Noon se quedó callado. Callar había demostrado ser una buena estrategia; así había logrado saber casi todo lo que necesitaba... casi todo.

—Tom Davidge era un hombre astuto —continuó el Juez Niland—. Experimentó reveses de fortuna en el este, aunque no tan graves como para quedar sin dinero. Pero sí sabía, sin embargo, que los lobos lo estarían persiguiendo; de modo que, en el mayor secreto posible, convirtió lo más que pudo en efectivo y en valores negociables. Negociables —repitió—, pero utilizaría a alguien experto en negociar con ellos, alguien a quien aquellos con quienes negociara no le hicieran preguntas. —Sonrió de nuevo—. Por ejemplo, no un pistolero sin rumbo, ni una persona desconocida salida de la nada.

Ruble Noon se encogió de hombros.

—Hay "pantallas". Siempre hay hombres dispuestos a hacerse cargo de estas cosas.

—Pero a gran costo, mi amigo, a un costo mucho mayor, digamos, que una división por partes iguales. Con alguien que actúe de pantalla, podríamos decir que se tiene suerte si se recibe el cuarenta por ciento de contado. Por otra parte, uno podría recibir sesenta, con cuarenta para su socio.

Entonces, así eran las cosas... al descubierto.

¿O no? Y ¿si el juez simplemente lo estuviera poniendo a prueba?

—Supongo que podría considerarlo así —dijo—, pero aún tenemos a Ben Janish.

—Un trabajo por el cual usted ya ha recibido su paga.

—¿Qué me dice de la hija de Tom Davidge?

—Recibirá el rancho, libre de toda deuda o hipoteca. Es todo lo que espera recibir.

El Juez Niland se incorporó en la silla.

—Ahí lo tiene, mi amigo. Aunque ya no soy juez, aún tengo conexiones. Me quedaría muy fácil hacer los arreglos para que se retiren todos los cargos que pesan contra usted. También podría hacerme cargo de los títulos valores sin ningún problema.

—¿Y yo me encargo del obstáculo? ¿De Ben Janish?

—Correcto. Usted, y sólo usted, sabe dónde está escondido el dinero. No sé por qué Tom Davidge confiaba en usted, pero así era. Nos necesitamos mutuamente, usted y yo.

Estuvo a punto de soltar una carcajada ante la ironía de la situación, pero controló la expresión de su rostro. ¡Era el único que sabía dónde estaba escondido medio millón de dólares, y había perdido la memoria! Podía imaginarse intentando convencer al juez de que eso era así.

—Parece ser que el primer punto en la agenda es Janish —dijo—, pero ¿qué dice de Peg Cullane?

Niland lo miró de frente.

—Pensaba en ella —dijo—. Podría convertirse en un problema... si continúa con vida.

Ruble Noon mantuvo los ojos fijos en el piso, para disimular la ira que lo embargaba. ¿Qué tipo de hombre era Ruble Noon para que el juez se atreviera a sugerirle que asesinara a una mujer? ¿O acaso pensaba el juez que un hombre que estuviera dispuesto a matar podría eliminar con la misma facilidad a una mujer que a un hombre? Cuando levantó la vista, la expresión de su rostro era tranquila.

—Una cosa a la vez —dijo, sin comprometerse a nada.

Estaba intrigado por él mismo, y por la situación en la que se encontraba. Se preguntaba si estaba dispuesto a hacer lo que el juez insinuaba, o parecía insinuar.

Medio millón de dólares... era más dinero del que podía imaginar. Era cierto que Fan tenía el rancho, o lo tendría después de que él matara a Ben Janish... si lo mataba. Pero ese era el problema. No podía tomar el dinero a menos que la dejara con algo, con el rancho. Si él mataba a Ben Janish, ella quedaría libre... entonces lo tendría.

Pero ¿qué pasaría si Janish lo mataba a *él*? ¿Qué

había pasado allá en ese pueblo sin nombre? ¿Cómo había podido Janish dispararle sin que él se diera cuenta? ¿Cómo había podido Janish estar a punto de matarlo?

Claro está que se lo habían advertido. Dean Cullane lo había prevenido.

Bueno, nada ganaba con pensar en eso; no mataría a Ben Janish. El hombre que estaba dispuesto a matar pertenecía a otra vida; ahora, no quería matar. Comoquiera que fuera, no sabía dónde estaba el dinero. Si alguna vez lo supo, ahora lo ignoraba.

Se puso de pie.

—Me quedan kilómetros por recorrer —dijo.

—Mejor tenga cuidado. No subestime a esa muchacha. Peg es tan astuta como un zorro... lo he visto ya antes. Y es insensible. Enviará a sus muchachos a buscarlo.

—¿Quiénes eran esos hombres? —preguntó Ruble Noon.

—Algunos muchachos del pueblo, y de algunos ranchos de los alrededores —respondió Niland—. Hacen lo que sea por ella; es la reina del lugar. Harían cualquier cosa que les pidiera, aunque algunos son jóvenes bastante sanos. Cuídese mucho.

Ruble Noon se detuvo en la puerta.

—¿Volverá por el mismo camino? —preguntó el juez.

Noon se encogió de hombros y, en realidad, no respondió la pregunta.

—Siempre queda la alternativa del tren. Tom Davidge tenía acciones en el ferrocarril, usted sabe. Financió una buena parte de su construcción, y trajo otras personas para que construyeran lo que faltaba.

Todos esos hombres le eran fieles. Harían lo que fuera por el viejo Tom.

Y agregó: —Tomará tiempo, juez. Ben Janish no es ningún tonto.

—Usted traiga eso aquí —dijo Niland—. Aquí, tráigamelo a mí, pero venga de noche. Será mejor si nadie sabe que nos conocemos.

Cuando Ruble Noon dejó la oscura puerta, se detuvo por un momento a escuchar. A veces le parecía estar viviendo un sueño del que podría despertarse en cualquier momento. Siempre estaba esperando despertar.

Se alejó de la puerta, pero no se dirigió hacia la verja del jardín, sino que caminó a lo largo del seto que bordeaba el lugar hasta donde recordaba que había una pequeña abertura. Pasando por ahí, cruzó el patio en la oscuridad y llegó a la calle. Siguió avanzando hasta que llegó al establo donde había dejado su caballo.

Sólo cuando estaba acomodándose sobre el heno para dormir, lo recordó: había olvidado llevar la conversación al tema de Jonás Mandrin.

¿Quién era Jonás Mandrin? ¿Dónde encajaba en la vida de Ruble Noon?

# CAPÍTULO 10

LO DESPERTÓ EL ruido de la lluvia y permaneció por un momento inmóvil, escuchando. De pronto oyó una voz muy baja que lo llamaba casi en un susurro.

—¿Señor? ¿Señor?

—¿Sí?

—Creo que lo buscan, señor. Es mejor que se vaya ahora.

Ruble Noon se levantó y sacudió el heno de su ropa, acomodó su pistola dentro de la funda y bajó de la parte alta del granero por la escalera.

—Aún no han llegado aquí —dijo el mexicano—, pero están buscando en otra calle. Puedo verlos.

Ya tenía el caballo pardo ensillado.

—¿Hay otra forma de salir de aquí sin pasar por las calles?

El mexicano se sentó sobre sus talones y trazó con el dedo un diagrama en la tierra.

—Entre los adobes… ¿ve? Luego rodeando la casa de Alvarado… pasa el granero y llega a los matorrales. Le deseo suerte, señor.

Ruble Noon llevó el caballo hacia la puerta de atrás y se montó en la silla. Ahora la lluvia había arreciado.

El mexicano entró a una pequeña habitación y tomó un poncho que colgaba de un clavo.

—Tome, lléveselo… yo lo pagaré. Y vaya con Dios.

Ruble Noon sacó un águila de oro de su bolsillo y se la entregó.

—No la gaste por unos días, amigo. Pueden adivinar de dónde vino.

Sacó el caballo a paso lento por la puerta, y después siguió a medio galope la ruta que el mexicano le había indicado. El poncho era simplemente una manta de tejido grueso, con un hueco en el centro por donde pasar la cabeza. Con el sombrero de ala ancha, podían tomarlo fácilmente por mexicano.

En las afueras del pueblo, se dirigió hacia los matorrales. Abriéndose camino en zigzag por entre los arbustos de mesquite, se dirigió hacia el ferrocarril. Llovía sin parar, y era probable que cualquier rastro que hubiera dejado pronto quedara borrado. Varias veces se detuvo al abrigo parcial de los árboles para ver si alguien lo perseguía, pero no vio a nadie y, naturalmente, no había polvo. Pero la visibilidad no era buena, y eso lo inquietaba.

Era imposible pensar en volver al rancho después de la reciente emboscada allí, por lo tanto, tomó el camino hacia el norte, a Mesilla. Todos sus instintos le indicaban que corriera y se escondiera, que se ocultara en algún lugar y esperara a poder pensar con claridad y definir sus sentimientos para poder descubrir más detalles sobre sí mismo.

Debía de haber sido un asesino a sueldo, pero antes de eso había sido otra persona, en algún otro lugar. De pronto pensó en los archivos de los diarios. Si pudiera examinarlos, tal vez encontrara en uno de los ejemplares viejos alguna información relacionada con él, o con Jonás Mandrin. Pero debía ser muy cauteloso. Era posible que alguien lo conociera en Mesilla.

Ya eran más de las nueve cuando entró en el tranquilo pueblo cercano al Río Grande. Se veían algunas luces que provenían de las puertas de las tabernas y, en distintos lugares, los hombres conversaban sentados en bancas o sillas a lo largo de la plataforma de madera que hacía las veces de andén. Había una silla frente a la oficina del periódico.

Se detuvo y bajó del caballo, y el hombre que estaba sentado ahí levantó la vista y lo miró con curiosidad.

Ruble Noon sabía que en estos tiempos había que ser muy precavido. La Guerra del Condado de Lincoln estaba por terminar, los soldados comenzaban a buscar ambientes más saludables, pero había aún brotes de violencia ocasionales. Los jinetes solitarios se consideraban, por lo general, sospechosos hasta que se supiera a dónde se dirigían y se conocieran sus intenciones.

Miró hacia arriba por la tranquila calle. Le hubiera gustado sentarse en una de esas sillas y escuchar el murmullo de las voces mientras esperaba que la noche refrescara un poco antes de irse a dormir.

—Una agradable tarde —dijo—. ¿No está trabajando? —preguntó. Daba por hecho que el hombre tenía que ver con el periódico.

—No. Este es un caso en el que la ausencia de noticias es buena noticia —dijo el hombre. Su voz era la de una persona joven—. ¿Está de paso?

—De hecho, iba a preguntarle si me sería posible

revisar los archivos de su periódico. Quisiera ver algunas ediciones del año pasado, o tal vez del antepasado.

—Curioso, es la primera vez que me piden eso. —El hombre del periódico se incorporó en la silla—. No son muchos los que se interesan por lo que ocurrió hace ya tiempo. ¿Hay algo en que le pueda ayudar? Tengo buena memoria. —Estaba de pie en la puerta de la oficina.

—Cielos, no. A decir verdad, sólo quería darme una idea de la región. Ya sabe, uno puede leer muchas cosas entre líneas en el periódico, y quiero ver qué sucede en los alrededores.

—Adelante. Busque en esa serie de cajones de allá.

—¿Copian ustedes muchas noticias de fuera del pueblo? ¿O muchas noticias del este?

De pronto, el hombre se mostró más interesado.

—Ocasionalmente —dijo—. Si tienen alguna conexión local, lo hacemos, o si se trata de algo de gran interés. De vez en cuando publicamos noticias del este o de California sólo para llenar espacio. Por lo general, las noticias locales se transmiten de boca en boca antes de que podamos publicarlas.

Ruble Noon entró y sacó el primer fajo de periódicos del cajón. Se acomodó cerca de la luz y comenzó a ojear las páginas.

Afuera, el tipógrafo giró un poco en su silla. Le había llamado la atención el uso de la palabra "copiar". Era parte de la jerga periodística. La había oído utilizar en esta forma en el este muchas veces, pero muy excepcionalmente al oeste del Misisipí.

Eso no quería decir que este extraño fuera un

periodista, pero había visto muchos periodistas pasar por estos caminos, y más desde que había llegado el ferrocarril pocos meses antes. El mismo Mallory era un tipógrafo andariego que había trabajado en más de una docena de diarios sin quedarse ni siquiera un año en ninguno de ellos después de su primer trabajo en este campo, a los catorce años. Había trabajado en pueblos grandes y pequeños, pero prefería los pueblos pequeños del oeste.

Había estado en Mesilla sólo tres meses, pero ya estaba dispuesto a tomar nuevos rumbos. Probaría suerte en Santa Fe, o tal vez en Arizona. Encendió su pipa y reclinó su silla. Bien... lo que había dicho este forastero era cierto: la mejor forma de darse una idea rápida de un pueblo era a través de sus periódicos, leyendo los avisos, las noticias locales... pero Mallory no creyó, ni por un minuto, que este hombre estuviera interesado en quedarse en Mesilla.

Lo cierto era que, ahora, el pueblo más pujante era Las Cruces. Desde que el ferrocarril había llegado allí, la población aquí había disminuido relativamente, y el centro de actividad parecía estar cambiando. Por su parte, le gustaba Mesilla.

Volvió a fumar su pipa y dio un vistazo alrededor, enderezando un poco su silla para observar al forastero, que había terminado de revisar un legajo de periódicos y se disponía a comenzar con otro. Revisaba los periódicos con una rapidez que Mallory envidiaba. Era evidente que buscaba algo en particular, y parecía estar revisando la mayoría de las noticias.

El problema era que ni el mismo Ruble Noon sabía lo que buscaba. Alguna mención del nombre de Jonás Mandrin tal vez, o alguna historia que pudiera despertar su memoria, algún indicio del pasado, de antes de que le dispararan. Procuraba pasar por alto todas las noticias que no fueran de interés, leyendo con más atención las que podían darle la información que deseaba.

Estaba revisando el cuarto legajo de periódicos y ya era casi medianoche cuando encontró una noticia escondida en una esquina del periódico.

### DESAPARECIDO

Una recompensa de $500 ofrecida a cambio de información sobre el paradero de Jonás Mandrin ha sido retirada, dado que se supone que Mandrin, quien desapareció hace dos años, está muerto.

Mandrin, abatido por la muerte de su esposa y de su hijo, ocurridas mientras se encontraba en Nueva York, fue visto por última vez en St. Louis y en Memphis, pero se ha perdido todo rastro de su paradero.

Reconocido cazador de grandes piezas y excelente tirador, era presidente de la recién fundada Mandrin Arms Co. de Louisville. Anteriormente había sido corresponsal de varios diarios y revistas tanto en los Estados Unidos como en Europa.

El descubrimiento de varias prendas de vestir

y algunas cartas ha llevado a pensar que Jonás Mandrin está muerto.

Ruble Noon permaneció sentado, muy quieto, con los ojos fijos en la noticia. El número del periódico que tenía en sus manos era de hace cinco años, y Jonás Mandrin había desaparecido dos años antes de esa fecha. El hombre conocido como Ruble Noon había aparecido en Missouri, en un aserradero de traviesas para ferrocarril aproximadamente un año después de esa desaparición. Todo parecía encajar muy bien.

¿Era él Jonás Mandrin? De ser así, ¿qué había llevado a Jonás Mandrin, un deportista y hombre de negocios, a convertirse en Ruble Noon, el asesino a sueldo?

Guardó de nuevo los periódicos en el archivo y se dirigió a la puerta.

—¿Encontró lo que buscaba? —preguntó Mallory.

Ruble Noon se quitó el sombrero y se pasó los dedos por el pelo.

—Bien, parece ser un buen lugar —dijo—, aunque el ferrocarril determinará la diferencia.

Montó su caballo y se marchó calle abajo en busca de una caballeriza.

Mallory se levantó de su silla y entró. Tomó el primer fajo de periódicos y los hojeó, mirando una noticia tras otra. Pero sólo al día siguiente, cuando reanudó la tarea, encontró la noticia sobre Jonás Mandrin.

Se recostó en la silla y se quedó pensando. Se había retirado la recompensa, pero todavía podía haber alguien que estuviera dispuesto a pagar por la información. Valía la pena intentarlo.

Si la información no valía quinientos dólares, podía valer cien o más, aún ahora. Alcanzó una hoja de papel del otro lado del escritorio y tomó su pluma.

# CAPÍTULO 11

RUBLE NOON SE despertó temprano en su habitación del hotel, en las frescas horas de la mañana, y permaneció acostado mirando al techo. Tenía en su mente la decisión muy clara de que regresaría al Rafter D. Una vez allí, enfrentaría los hechos como se presentaran.

No sabía, y no tenía ningún sentimiento que se lo indicara, si había sido el hombre llamado Jonás Mandrin. Si había tenido una esposa y un hijo, no los recordaba en absoluto. ¿Era su amnesia una cortina para protegerlo de la destrucción que podría sufrir por el *shock* y la tristeza?

Si era Jonás Mandrin, ¿había venido al oeste para escapar de sus recuerdos? ¿O había esperado encontrar al hombre que había matado a su familia? Si lo último era cierto, no tenían por qué temerle, porque no tenía ningún detalle al respecto; no sabía nada.

Pero ¿cómo había adivinado el Juez Niland que él era Mandrin, simplemente por el hecho de que hubiera utilizado ese nombre? ¿Sería que conocía a Mandrin desde antes, o había oído hablar de él?

Se puso de pie, se vistió sin demora, arregló su barba y se peinó. En el comedor se desayunó rápidamente, tomó el paquete con el almuerzo que le habían preparado y se dirigió fuera del pueblo al galope.

Habría podido tomar el tren en Las Cruces, pero

decidió no hacerlo. Si estaban vigilando el ferrocarril, ese sería un lugar lógico. Siguió cabalgando a gran velocidad, cambió de caballo en un pequeño rancho y continuó su camino. El caballo gris por el que había cambiado su caballo pardo era un animal de contextura corta, con un paso burdo, pero era un animal fuerte.

Apenas se había puesto el sol cuando escuchó el sonido de la campana de una res y, por encima de un acantilado cerca del río, vio un rancho anidado entre unos álamos arriba de una pequeña quebrada que corría hacia el Río Grande.

Dio la vuelta para tomar el camino que descendía del acantilado y cabalgó hacia el rancho. Para cuando llegó al lugar, ya era de noche, pero había luz en la ventana, aunque esta se apagó cuando un perro comenzó a ladrar enfurecido. Se detuvo y llamó a la persona que estuviera en la casa, primero en inglés y luego en español.

Al no obtener respuesta, llevó el caballo a paso lento hacia el patio frente al rancho. Se detuvo ahí y llamó de nuevo.

Alguien bajo los álamos cerca de la casa habló.

—¿Qué desea, señor?

—Una comida y un caballo que esté dispuesto a darme a cambio de este.

—¿A dónde se dirige?

—A Socorro, amigo.

El mexicano salió por debajo de los árboles.

—Puede cabalgar hasta la casa, señor, pero mi hijo… está bajo los árboles con un Winchester.

—Hace bien, amigo. Hay muchos hombres malos que cabalgan por aquí en estos días.

Se bajó del caballo y le dio la vuelta para que lo pudieran ver mejor.

—Es un buen caballo —dijo—, pero me queda mucho camino por recorrer y tengo enemigos.

El mexicano se encogió de hombros.

—Se puede juzgar a un hombre por quienes lo odian. Sí, es un buen caballo, un muy buen caballo, y usted viene de lejos.

El mexicano miró hacia la casa y gritó: —Un plato y un vaso, mamacita. —Dirigiéndose de nuevo a Ruble Noon, dijo—: Venga, señor.

Noon se mostró indeciso.

—Quisiera llevar mi rifle, amigo. ¿Está bien?

—Claro que sí. —Luego agregó—: Mi hijo se encargará del caballo.

Caminaron juntos hasta la casa, y Ruble se quitó el sombrero al entrar, saludando a la mujer mexicana que estaba en la cocina, con una inclinación de cabeza.

—La estoy importunando, señora —dijo.

—No hay problema. Siéntese, por favor.

Los frijoles estaban calientes y sustanciosos; repitió, comió varias tortillas y unas tajadas de carne asada al fuego.

—Tenía hambre, señor —dijo la mujer.

Él sonrió.

—Comer lo que usted prepara, señora, es el mayor de los placeres. Y si no hubiera tenido hambre, el sabor me habría abierto el apetito.

Ella respondió con una amplia sonrisa, y le sirvió otra taza de café. Se recostó en su asiento.

—O no pasa mucha gente por este camino, o el viento ha borrado toda huella.

El mexicano se encogió de hombros.

—La arena y el viento... ya sabe cómo es.

—El caballo gris —sugirió Ruble Noon—. Le daré un comprobante de venta. Pero si alguien me estuviera siguiendo, no quiero que el caballo sea visto. ¿Me entiende?

—Hay una pradera entre los sauces cerca del río, señor, no es un lugar fácil de encontrar. Mantendré el caballo ahí.

Ruble Noon se puso de pie, sin deseos de irse de ese lugar, habitado por personas tan amables. Permaneció de pie un momento y dio un vistazo alrededor.

—Tienen suerte —dijo—. Tienen mucho aquí.

—Somos pobres, señor.

—¿Pobres? Yo diría que son más ricos de lo que imaginan. Tienen una casa, algunas cabezas de ganado, tienen comida y se tienen uno a otro. Es mucho más de lo que yo tendré allá afuera.

Señaló a la oscuridad de la noche. Luego salió y se puso de inmediato a un lado de la puerta.

El mexicano joven habló: —Ensillé un caballo. Es muy bueno y lo llevará lejos.

—Gracias, amigo.

Los otros salieron. Sólo había estado ahí poco tiempo, pero se había establecido algo entre ellos. Permanecieron ahí juntos.

—Vaya con Dios —dijo la señora, y él levantó su mano en señal de despedida y cabalgó hacia la noche.

Sin embargo, se sentía intranquilo. El calor de ese apacible hogar permaneció con él, pero, poco a poco, lo fue invadiendo la sensación de que alguien lo seguía. Había algo, había alguien ahí en la noche.

Había aprendido tan poco de la vida —en el transcurso de apenas unos días, días de duda, de aprehensión, de preocupación y de miedo... y ¿qué había antes? Si creía lo que había leído, había habido una esposa y un hijo y luego habían sido asesinados. No sabía su edad, pero suponía que estaba en los treinta. Cuando tenía poco más de veinte años, había fundado su propia empresa y había sido su presidente. Había sido un buen deportista, un famoso tirador... un cazador.

Bien, aún era cazador... y cazado.

El caballo que montaba era un caballo pardo de lomo recto, resistente, rápido y ansioso de recorrer caminos, un caballo al que le gustaba viajar, al que le gustaba la noche. Bordeó el río durante un tiempo, y cuando comenzó a subir, vio el resplandor de la luna sobre la carrilera. La noche estaba en silencio, a excepción del canto de los grillos, pero dos veces, sintiendo una sensación de intranquilidad, se enderezó para escuchar con más atención y, por un momento, le pareció escuchar algo extraño a poca distancia.

Si él era una persona tan peligrosa como decían, estarían muy alerta e intentarían tenderle una trampa. Si no intentaban matarlo ahora, debían estar seguros de que habría un mejor lugar, más adelante, dónde hacerlo. Un lugar donde sería más fácil tenderle una trampa, o donde ya se la tendrían preparada.

¿Se atrevería a escapar? ¿Se atrevería a cabalgar fuera de la cuenca del río girando en ángulo recto de su curso para dirigirse hacia las montañas?

Sabía que más adelante había pueblitos, y que más allá se encontraba Socorro, un pueblo pequeño pero muy antiguo, un pueblo con gente buena y no pocos forajidos. La Cordillera Negra estaba a su izquierda, asediada por los apaches, infestada de forajidos, salvaje y hermosa… al menos eso había oído decir.

Repentinamente se alejó del río. Avanzó a paso lento en el caballo pardo, deteniéndose varias veces a escuchar, pero abriéndose camino por entre los matorrales hacia un lugar más elevado. Las montañas se recortaban en una silueta irregular contra el cielo.

No podía apartar de su mente la difícil situación en la que estaba; su preocupación era como la de un perro que se preocupa por un hueso. El nombre Jonás Mandrin le había venido de algún lugar de su memoria, más allá de su conciencia. Ignoraba lo que fuera que estuviera oculto ahí, pero los nombres y las ideas parecían venir a su mente desde ese pasado en el que su memoria merodeaba.

En esa situación, ¿no sería posible que, con el tiempo, recobrara la memoria y recordara dónde estaba escondido el dinero de Davidge?

¿Y si deliberadamente se dedicara a sondear esa memoria, tomando papel y lápiz y escribiendo una lista de todos los lugares posibles en donde creyera que podía estar el dinero? Si hiciera eso, ¿no podría recordar el lugar donde estaba oculto?

El Juez Niland creía que Peg Cullane sabía, o creía saber, dónde estaba escondido el dinero. Pero ¿por qué no lo había ido a buscar? ¿Tenía miedo de él, o de Ben Janish? ¿Esperaba quedarse con todo el dinero? No era necesario sopesar los motivos para darse cuenta de que, pasara lo que pasara, Peg Cullane no pensaba compartir nada con nadie.

Era como las famosas cortesanas de la historia…

no era una mujer apasionada, sino una que daba la impresión de serlo y lo hacía muy bien; una mujer que, bajo esa fachada de apasionamiento, ocultaba una personalidad fría y calculadora. Peg Cullane era dura como los clavos... no debía olvidar eso jamás. No había una onza de sensibilidad en ella, ni la más mínima compasión.

Para cuando amaneció, estaba entre los cedros en la parte inferior de las laderas de las montañas, avanzando por una trocha casi imperceptible por la que se desplazaba el ganado. Había escapado, o así lo creía, de quienquiera que fuera su perseguidor... sin embargo, ¿esa sospecha no sería sólo el resultado de sus propios temores?

Al poco tiempo bajó del caballo y lo desensilló. Lo dejó revolcarse en el suelo y luego lo dejó pastar y descansar. Después de examinar el terreno a su alrededor, eligió un lugar cerca de donde estaba el caballo y se acostó sobre la hierba, mirando fijamente al cielo.

Regresar era una tontería. Debería buscar un nacedero de agua atrás en las montañas y simplemente quedarse allí. Podía permanecer oculto hasta que todo esto hubiera pasado, y luego podía volver al este y encontrar allí un nuevo hogar.

Sin embargo, aún mientas pensaba estas cosas, sabía que no lo haría. Fan Davidge necesitaba ayuda, y a eso iba.

Se despertó sobresaltado. El sol estaba ya muy alto, pero no fue esto lo que lo despertó, sino el caballo pardo. Este animal de lomo recto tenía la cabeza erguida, con las orejas levantadas, y resoplaba suavemente por la nariz.

Noon se dio la vuelta, tomó su rifle y se escondió de un salto entre los matorrales... para encontrarse de manos a boca con ellos. Eran tres hombres, pero su repentina carrera los tomó por sorpresa justo cuando se disponían a sorprenderlo.

Su hombro golpeó al que tenía más cerca, empujándolo con fuerza contra el segundo. Ruble Noon disparó su rifle desde la altura de su cadera, haciendo que el tercer hombre girara, y pasó al grupo de atacantes hasta llegar a las rocas que estaban más allá.

Se dejó caer al suelo y dio botes; jadeando por el *shock* y el miedo, se puso de pie con su rifle. Una bala hizo saltar fragmentos de roca que le golpearon el rostro; él disparó a ciegas una vez y luego otra vez.

El silencio era total.

Los hombres habían desaparecido entre los matorrales, y él se quedó quieto esperando que alguno se moviera, pero ninguno lo hizo.

De pronto escuchó una risa, y al cabo de unos minutos alguien gritó: —Está bien, puede quedarse ahí y podrirse. Nos llevaremos su caballo y sus provisiones.

Él no dijo nada, consciente de que esperaban que les hablara; pasado un rato, miró con cautela desde detrás de las rocas. No vio a nadie... y el caballo pardo ya no estaba. Se quedó ahí en silencio. Pasó una hora... luego otra. Podía determinar la hora por la sombra que proyectaba un pino sobre el piso cerca de donde se encontraba.

Por fin, salió por detrás de las rocas. Examinó las huellas y se convenció. Se habían ido, creyendo, sin duda, que estaba herido, y se habían llevado su caballo, su silla y su comida. No tenía nada... ni siquiera una cantimplora.

El pueblo más cercano debía estar a la orilla de la carrilera, tal vez a unos cuarenta y cinco kilómetros de distancia y, sin duda, estarían allí esperándolo.

Era territorio apache y, debido a los recientes problemas, la mayoría de los rancheros y buscadores de oro se habían ido para Socorro o para algún otro pueblo. Bien, no tenía sentido perder más tiempo. Si quería salir con vida, tendría que moverse. En primer lugar, tenía que encontrar agua, y debía encontrar un caballo.

Fue hacia los árboles, encontró huellas de un animal salvaje y las siguió, llevando su rifle en posición de rastreo, pero dispuesto a entrar de inmediato en acción. Bordeó la ladera durante cerca de una hora, deteniéndose de vez en cuando para estudiar el terreno circundante. Lo analizaba todo con gran cuidado, examinando cada posible escondite. De vez en cuando cambiaba de ruta para evitar cualquier posible emboscada.

Tal vez esos hombres se habían ido con el único propósito de obligarlo a salir de su escondite, o pensando que, tarde o temprano, debía bajar para intentar buscar alimento.

La ladera de la montaña por la que caminaba estaba cubierta de pinos, a veces dispersos y a veces en grupos tupidos. Más arriba había álamos temblones. Al comienzo, la montaña formaba una serie de extensas colinas, pero a medida que avanzaba, se iba haciendo más pendiente y la cruzaba una serie de arroyos profundos. Siguió uno de ellos por un trecho en dirección al río. Luego se alejó de ahí, avanzando montaña arriba por un atajo. Esto significaba que caminaría una mayor distancia y perdería tiempo, pero sería más difícil encontrarlo.

Hacía mucho calor y, mientras seguía caminando, se echó uno guijarro a la boca para producir más saliva. Buscó vegetación que le indicara la presencia de agua, buscó depresiones en la roca donde pudiera haberse depositado el agua como en un tanque natural, incluso durante meses. No encontró nada.

Continuó caminando, a veces corriendo durante cortos trechos, otras veces avanzando despacio y deteniéndose con frecuencia para examinar los alrededores. Avanzaba a buen paso, y ahora era importante ganar tiempo.

Comenzaba el atardecer, las sombras se alargaban en los cañones, las laderas se veían desnudas y recortadas en la luz de la tarde. Podía divisar, a varios kilómetros de distancia, el territorio que se extendía a sus pies, y escuchó a lo lejos el silbato de un tren, y pudo vislumbrar el rastro casi imperceptible de humo. Estaba seguro de que estarían allá abajo esperándolo. De pronto se encontró ante una cabaña y se tiró de inmediato al suelo, casi demasiado tarde. Vio a una mujer mexicana cerca de un jinete; estaban hablando. Había unas cuantas gallinas, y sus ojos buscaron un posible perro, tratando de detectar su inevitable presencia antes de que el animal lo viera.

El jinete miró hacia atrás… Ruble Noon recordaba el rostro, pero no sabía dónde lo había visto. Era un rostro delgado, de expresión malvada, con labios delgados y un mentón agudo. El rifle estaba amarrado a un nivel bajo. El hombre giró su caballo y continuó su camino mientras la mujer mexicana lo veía partir y se daba la bendición.

Ruble Noon se puso de pie. Le dolían los músculos y tenía los pies cansados. Necesitaba con urgencia un caballo y algo de beber.

La mujer mexicana continuaba ahí de pie. Sólo que ahora no miraba hacia el jinete que se alejaba; parecía increíble, pero tenía la vista fija en un loro. El animal estaba en una percha cerca a ella, con el cuello estirado. Sin voltearse a mirarlo, la mujer le dijo en voz baja: —Venga, señor. Ya no hay peligro.

Avanzó hacia ella, listo para enfrentar cualquier problema, pero le creyó. Sabía, por su pasado perdido, que los mexicanos eran amigos de quienes estaban en problemas. Ahora ella se volvió hacia él y lo miró.

—Pancho lo vio. Lo vio cuando el gringo estaba aquí.

Le dio una inflexión especial a la palabra *gringo,* y él sonrió.

—Se lo había podido decir.

—¡No le habría dicho nada! Ese hombre no es bueno. Lo conozco: es Lynch Manly.

Ruble Noon miró hacia donde iba el pistolero. Por alguna razón sabía que si se habían tomado el trabajo de importar a alguien como Lynch Manly, realmente se estaban esforzando por lograr lo que querían. No recordaba los detalles, pero Manly era conocido por ser un cazador de hombres, un asesino que en una época había formado parte de la Policía Montada Real del Noroeste, pero había sido expulsado de esa institución por matar innecesariamente. Desde entonces, había sido contratado como pistolero a sueldo por varios grupos de mineros o rancheros, y tenía la reputación de ser un hombre malo.

Ruble Noon bebió un poco de agua en el pozo, luego siguió a la mujer mexicana hasta la casa. Se lavó las manos y la cara antes de sentarse a la mesa. Ella le trajo comida y le sirvió café. La luz del sol entraba por las ventanas, y podía escuchar el cacareo de las gallinas en el patio. Era un lugar agradable y tranquilo.

—La envidio —le dijo.

Ella lo miró.

—¿Me envidiará también cuando vengan los apaches? También habrá silencio entonces... el silencio de la muerte.

—¿Llegan hasta aquí?

Ella levantó un hombro.

—Puede ser... lo han hecho. ¿Quién va a saber de lo que sean capaces? —Lo miró analizándolo—. No parece ser alguien que infunda tanto miedo.

—¿Que infunda miedo?

—Cuando envían tantos hombres a buscarlo, debe tratarse de alguien muy temido. Buscan por todos los pueblos, los ranchos, todas las cabañas a lo largo del Río Grande.

—¿Son muchos?

—Veinte... o quizá más.

—¿Y, sin embargo, está dispuesta a ayudarme?

Ella sonrió.

—Me gusta un hombre que infunda miedo. Mi esposo es ese tipo de hombre.

—¿Está aquí?

—Lo tienen en prisión. Lo ahorcarán. Es Miguel Lebo. —Lo dijo con orgullo, en tono desafiante.

—No lo conozco, señora —dijo él—, pero si es su

marido, imagino que es un buen hombre. No se atrevería ser de otra forma.

Ella rió.

Se le ocurrió una idea.

—¿Tiene un sombrero viejo? ¿Un sarape?

—Sí. —Entendió de inmediato—. ¿Quiere usarlos?

Cuando él asintió, ella salió y volvió con un viejo sombrero, un sarape que había visto días mejores y unos zamarros con flecos.

—Su español es bueno, señor. Dígales que es de Sonora.

El caballo pinto que le trajo estaba flaco, la silla era vieja, pero servirían. Él se afeitó la barba, dejándose sólo el bigote y las patillas, y cuando se fue, llevaba el sombrero con el ala gacha.

Llevó el caballo al trote hacia el pueblo, siguiendo el sendero. Al llegar, lo amarró a la baranda y entró en una taberna mexicana a tomar una cerveza.

El mexicano que se acercó a la mesa la limpió descuidadamente con un trapo que trajo del bar. Era gordo y tenía un parche negro sobre un ojo. En la taberna sólo había un peón dormido en un rincón y un hombre con la cabeza apoyada sobre una mesa.

Dijo en voz baja: —¿Vio el caballo que traigo, señor?

—Lo vi.

El hombre que atendía la taberna hablaba en voz baja, en tono cauteloso.

—¿Qué desea, señor? ¿Sólo la cerveza?

—La cerveza y un trueque. Quiero cambiar el pinto que ve allá afuera por dos caballos, dos caballos rápidos. No tengo conocidos aquí, amigo, y muchos me andan buscando, pero la señora Lebo fue amable conmigo y quisiera ser amable con ella.

—Si lo que insinúa es lo que pienso, está loco.

—La cerveza y dos caballos... pronto.

El hombre se fue y volvió con la cerveza. Luego dejó su delantal en el bar y salió. Tardó algún tiempo.

Ruble Noon terminó su cerveza, y cuando el cantinero regresó, pidió otra. Frente a la taberna, un muchacho mexicano estaba desensillando su caballo pinto y poniéndole la silla a un caballo grullo, color ratón, con una mancha blanca en la nariz y tres patas blancas. Al lado había otro caballo ensillado. Había un rifle en su funda y un cinturón con una cartuchera en la cabeza de la silla. Detrás de cada una de las sillas había una manta enrollada.

Ruble Noon terminó su segunda cerveza y se acercó al bar. Dejó ahí algún dinero, pero el cantinero no lo quiso recibir.

—Miguel Lebo es mi amigo —dijo—. Pero piense bien lo que va a hacer —agregó.

—Ya me están persiguiendo —respondió Noon—, y creo que, adonde voy, puedo necesitar un buen hombre. Respóndame estas preguntas. ¿Cuántos hombres hay ahora en la oficina de la cárcel? ¿A qué distancia vive el oficial que esté más cerca de aquí? ¿Quién podría dar más pronto la voz de alarma?

—En la cárcel hay un solo hombre, y no tiene nada en contra de Miguel. El oficial que vive más cerca es el alguacil encargado; su casa está a cuatro cuadras calle abajo, y a esta hora está dormido. En cuanto a dar la alarma, creo que nadie, con excepción del dependiente del almacén que está allá. No le gustan los mexicanos; sólo le gusta que le compremos su mercancía.

—Entonces, manténgalo contento. Consiga cinco mexicanos que vayan a comprar. —Dejó sobre el bar dos monedas de oro de veinte dólares—. Déles esto. Que compren lo que necesiten y que se queden con lo que compren, a condición de que lo mantengan ocupado.

El hombre de la taberna lo miró fijamente.

—Corre un gran riesgo... ¿Por qué?

—La señora me recibió en su casa, me dio comida, me facilitó un caballo. Dijo que su esposo era un buen hombre, y no creo que los hombres buenos deban morir ahorcados.

—Fue un numeroso juzgado de rancheros. Miguel es dueño de un ojo de agua... lo ha tenido desde hace muchos años. Sus antepasados vinieron con los primeros pobladores que llegaron a Socorro.

—Quedará libre.

Ruble Noon fue hacia la puerta y miró la calle. Era temprano en la noche. La mayoría de los hombres estaban cenando, y los que pronto llenarían las tabernas y las casas de juego aún no habían llegado. Algunos conversaban, otros leían sus periódicos.

Miró los caballos y vio que eran buenos. Dio la vuelta.

—Adiós, amigo.

Caminó calle arriba hacia la cárcel, abrió la puerta y entró. En la habitación había un escritorio de cortina, una mesa y una silla cerca de una estufa. Hacía calor, pero el hombre estaba ahí sentado cerca de la estufa por conveniencia. Mascaba tabaco, y escupía hacia la puerta abierta de la estufa.

—Buenas, mexicano. ¿Qué puedo hacer por usted? —preguntó.

—Me han dicho que es un buen hombre —respondió Ruble Noon—, y que es buena persona con su prisionero.

—Lo cierto es que Lebo es un buen hombre, pero soy su carcelero y no aceptaré negocios torcidos.

—Claro que no —dijo Ruble Noon, y sacó una pistola—. No quisiera dispararle a un buen hombre.

El carcelero miró la pistola, y miró los ojos que estaban fijos en los suyos.

—Usted no es mexicano —dijo—. ¿Quién es usted?

—Ruble Noon —dijo Noon en voz baja—. Sólo dígales que vino Ruble Noon. Y dígales también que no deben importunar a la señora Lebo... que la deben dejar tranquila y deben dejar tranquilo su ojo de agua. Dígales que lo dijo Ruble Noon.

# CAPÍTULO 12

MIGUEL LEBO ESTABA en cuclillas al otro lado de la hoguera frente a Ruble Noon y bebía su café. Su campamento estaba en una hondonada oculta por los pinos, muy arriba en la ladera de la montaña, pero con sólo dar tres pasos podían divisar todo el valle a sus pies, ahora iluminado por la luz de la luna.

—Quiero darle las gracias de nuevo, amigo, pero me pregunto por qué ha hecho esto.

Noon se encogió de hombros.

—Por impulso, creo. Su esposa es una buena mujer, y me ayudó cuando lo necesitaba... además, no me gustan sus enemigos.

—¿Sólo por eso?

—Usted necesitaba una oportunidad en la vida. Yo necesito ayuda.

—¿Ah?

—Usted es bueno con una pistola.

—He tenido problemas y hombres en mi contra.

—Quiero que vaya a Colorado —dijo Noon—. Hay un rancho allí donde los hombres se esconden de la ley, y donde no se sorprenderán de verlo llegar.

Le contó acerca del rancho y acerca de Fan Davidge, pero no mencionó para nada el dinero que Davidge supuestamente había escondido.

—Necesito alguien allí para que se asegure de que

nadie le haga daño a la señorita Davidge, pero debo advertirle que allí también están Ben Janish y Dave Cherry, John Lang y algunos otros.

—Haré lo que tenga que hacer.

—Henneker y Arch Billing le ayudarán, pero ninguno de los dos es pistolero.

También le contó acerca de Peg Cullane. Le agradaba ese mexicano rudo, de buen humor. Lebo venía de Sonora y era mitad tarahumara, un hombre cauteloso que conocía los distintos caminos y cómo andar por ellos, un hombre que no se hacía ilusiones.

Su fuga había sido bastante fácil. Subieron al tren que venía de Socorro y se bajaron en la abandonada estación donde Ruble Noon había tomado el tren por primera vez en su camino hacia el sur. El mismo personal del tren los había acompañado parte del camino, y el largo viaje permitió que tanto Ruble como Lebo pudieran recuperar algo del sueño perdido.

Ruble Noon examinó su Winchester y su pistola. Mientras Lebo amarraba los caballos a unas estacas, caminó por la oscura ladera y escuchó. No se movía ninguna sombra por la falda de la montaña a sus pies, pero esperó algún tiempo, atento a los sonidos de la noche. Le fascinaba la calma, la frescura, el olor de la hediondilla y del cedro.

Al amanecer, Lebo se marchó, y Ruble Noon cabalgó sendero arriba hacia el rancho del mudo. No escuchó ningún ruido, y al menos deberían oírse las gallinas o algún otro movimiento, pero no oyó nada.

Avanzó lentamente, con el rifle en la mano, examinándolo todo detenidamente, sin pasar nada por alto.

El viejo mexicano estaba tendido sobre la arena, y pudo darse cuenta de que le habían disparado al menos dos veces. No había caballos ni ganado. Ruble bajó del caballo y tocó la mejilla del viejo. Estaba fría.

Dentro de la cabaña todo había sido revuelto en una apresurada búsqueda... ¿de qué? ¿Pensarían que el dinero estaba escondido aquí?

¿Había sido el asesinato del viejo mexicano una barbaridad insensata? ¿O habrían relacionado al mexicano con él?

Miró hacia todos lados intranquilo. No vio nada sospechoso, pero no le gustaba la sensación que le daba este lugar. ¿Lo estaban observando? Se dio la vuelta lentamente y escudriñó las crestas de las montañas a su alrededor, sin inclinar la cabeza hacia atrás ni dar la impresión de estar buscando algo. Por último, dirigió la vista hacia el buitrón que daba acceso a la cabaña en la parte alta. Podía ver el acantilado que se elevaba en sentido vertical.

Habían venido, habían matado al viejo, habían robado los animales y se habían ido... ¿o no? ¿Y si estaban esperando para emboscarlo aquí como lo habían hecho en el otro rancho? Esto obedecería al mismo patrón.

Tan pronto como lo pensó, supo que estaba en lo cierto.

Pero ¿por qué no habían disparado? ¿Estaban observándolo para ver qué hacía? ¿Para ver adónde iba? ¿Ignorarían la existencia de la cabaña en lo alto? ¿O la presencia del ascensor dentro del buitrón? Era posible que sólo hubieran adivinado que existía una conexión con el viejo, sin saber de qué se trataba y, naturalmente, el viejo mexicano no pudo decirles cuál era. Cualquiera que fuera el caso, fue un asesinato cruel y despiadado que no tenía sentido alguno.

Para poder observar bien el rancho, cualquiera tendría que ubicarse a una altura suficiente para poder ver la cabaña y el corral, lo que significaba que debía encontrarse en la cima del lado opuesto, o en la cresta de las montañas hacia el oeste.

Lo que le preocupaba era que evidentemente alguien se había enterado de algo relacionado con los métodos de operación de Ruble Noon, porque habían sabido del rancho cerca de El Paso y habían descubierto este lugar, probablemente comenzando la búsqueda desde la solitaria estación de tren. ¿O tenían un mapa claramente elaborado de sus escondites? ¿No sería que cualquier lugar a donde decidiera ir estaría vigilado? Si sabían más acerca de él de lo que él mismo podía recordar, era posible que cayera sin dificultad en una trampa.

Encontró una pala y, después de envolver al viejo en sus mantas, lo enterró en una tumba poco profunda. Mientras trabajaba analizaba la situación.

Debía regresar al buitrón para llegar a la cabaña en la montaña, y una vez allí debía hacer un plan de sus movimientos, cambiando todos los antiguos patrones de acción, si fuera posible. Nunca debía optar por hacer lo primero que le viniera en mente, sino algo distinto. Debía cambiar su forma de vestir, inclusive su forma de andar.

Las opciones que su posición ofrecía a un francotirador que se encontrara en la cresta más alta de las montañas no eran muchas. Los sitios perfectos para apuntar son escasos, porque siempre hay puntos ciegos. Al este de la cabaña, por el camino que debía seguir, había varios de esos puntos ciegos.

Su caballo se había alejado a unos pasos de distancia, y no le gustaba la idea de ir a buscarlo. El caballo se encontraba en un lugar expuesto, y él no tenía idea de las órdenes que habían podido recibir quienes lo vigilaban... si lo estaban haciendo. No quería correr el riesgo.

Mientras se dirigía a la casa miró hacia el este. El extremo este de la vivienda era uno de esos puntos ciegos. Sólo podía ser visto si el observador se encontraba entre las lajas quebradas al pie del acantilado, y no era un lugar probable para alguien que lo estuviera vigilando. La única posibilidad de disparar que ofrecía ese lugar era que alguien se dirigiera hacia ahí y, a la luz del día, no había forma de escapar desde esa posición.

Sin embargo, si quería escapar, esa era la dirección que debía tomar. Al volverse para llamar al caballo, vio un destello de un rayo de sol en la cima de la montaña... ¿el reflejo del cañón de un rifle?

Entró a la vivienda y se recostó contra un costal de zanahorias que estaba al lado de la puerta. Todavía tenían tierra. Era evidente que este había sido el último trabajo del viejo antes de que lo asesinaran. Sacó una zanahoria y salió. El caballo vino hacia él, y Ruble Noon dio un paso atrás pasando la puerta mientras lo tomaba por la brida.

Lo iba a dejar en libertad, por lo tanto, le quitó la silla y las riendas para dejarlo suelto y amarró el costal de zanahorias donde debía ir el jinete. Tenía la esperanza de que esto engañara al francotirador y lo hiciera pensar que estaba cabalgando agachado sobre el caballo para intentar escapar. A esta distancia era posible.

Después de amarrar el caballo en la puerta, fue hacia la pared del este con la pala y, con un atizador que tomó de la chimenea, comenzó a excavar en el suelo de tierra pisada y rápidamente abrió un túnel por debajo de la pared de piedra. No se había utilizado mortero en su construcción, y una de las piedras cayó de su lugar. Le tomó sólo unos pocos minutos quitar varias piedras más.

Después de beber una buena cantidad del agua que había en una de las ollas, tomó un rifle, desató el caballo y, dándole una fuerte palmada en el anca, se agachó para esconderse en el hueco en el mismo momento en el que el caballo salía por la puerta al galope. Esperaba que el caballo, en su carrera, llamara la atención de quienes lo vigilaban, y así fue.

Oyó un disparo, y luego otro. El caballo, sin sufrir daño alguno, continuó corriendo hacia el ferrocarril, dejando caer zanahorias del costal que había sido alcanzado por las balas. Ruble Noon estaba acostado, oculto tras las piedras, intentando recobrar el aliento.

Ya abajo, en el llano, el caballo aminoró la marcha, y ahora el costal se veía vacío. Quienes lo habían estado vigilando ya debían de sospechar que habían sido engañados, o que él se había caído del caballo en algún lugar del llano.

¿Vendrían a buscarlo? ¿O pensarían que todavía estaba dentro de la vivienda?

Le tomó casi media hora deslizarse con cautela a través de las rocas para llegar al buitrón. No había huellas en el sendero, y se tomó el tiempo de ocultar las que había dejado. Entró luego en la cueva, bajó la plataforma y ascendió utilizando la polea. Al llegar arriba, amarró los lazos y, agachándose cerca de la boca del buitrón, observó cuidadosamente el polvo dentro de la cueva.

Nada parecía haber sido desordenado, pero no estaba dispuesto a confiarse, y no podía estar seguro. Se detuvo en la puerta del clóset y escuchó, pero no había ruidos del otro lado; abrió la puerta. El clóset estaba vacío.

¿Alguien sabría de este lugar ahora que Davidge estaba muerto? No lo creía, pero tampoco podía estar seguro.

La única luz que entraba a la caverna provenía de la abertura que daba al cielo en la parte superior. No oyó ningún ruido a excepción de los latidos de su corazón y de su respiración contenida. La muerte podía estar al acecho al otro lado de la puerta... pero ¿cuándo no había sido así?

La muerte podía estar al acecho a la vuelta de cualquier esquina o al abrir cualquier puerta. Ahora o después, sería lo mismo, pero no era fatalista. Sabía que si se descuidaba podía morir, o que eso podía ocurrir si llegaba alguien que se moviera más silenciosa o rápidamente, o con mayor seguridad.

Estaba levantando la mano para abrir la puerta cuando esta se abrió de pronto en su cara, sin previo aviso. Inconscientemente, sintió que la pistola se deslizaba hacia su mano y su dedo estaba listo a apretar el gatillo, cuando se contuvo. Era Fan... Fan Davidge estaba aquí.

Ella dio rápidamente un paso atrás, y él entró a la cabaña, con la pistola en la mano. Fan estaba sola, o parecía estarlo, y estaba asustada.

—¿Qué pasó? —preguntó.

—No lo sé... algo pasó. Ben Janish regresó anoche,

furioso y maldiciendo. Algo salió mal y estaba iracundo, entonces me levanté y me vestí en la oscuridad.

—¿Entró a la casa?

—No lo sé. Creí que lo haría, y Hen pensó lo mismo. Hen vino y golpeó en mi ventana, y me dijo que tenía que irme. Tenía tu caballo y me dijo que debería dejar que el caballo me llevara a donde quisiera, que ese caballo iría donde tu estuvieras.

—¿Qué pasó con Arch Billing?

—No lo sé. Hice lo que Hen me dijo. Me temí que Arch intentara defenderme, y que lo mataran. Janish vino con otros. Creo que eran varios, y había también una joven.

—¿Peg Cullane?

—¿Qué tiene que ver ella con todo esto? *¿Qué* ocurre?

Él se dirigió a la ventana y miró hacia el sendero. Ella no habría cubierto sus huellas, no podría haberlo hecho, y ¿cuánto tiempo pasaría antes de que los encontraran? Fue hacia la estantería y se llenó los bolsillos de balas calibre 44, luego regresó a la ventana y mantuvo sus ojos fijos en el sendero.

—Todos están hambrientos de dinero —le dijo a Fan—, sobre todo Peg Cullane.

—¿Pero qué dinero puede haber? Papá no dejó nada a excepción del rancho.

—Hay algo más, y ellos lo saben. No sé cómo se enteró Peg Cullane de que tu padre tenía dinero oculto. Janish también lo sabe. No sé si los demás lo sepan o no.

—¿Qué me dices de ti?

—No sé por qué, pero Tom Davidge confiaba en mí.

—¿Y tu sabes dónde está el dinero?

—Ya te lo dije. No recuerdo casi nada, pero nadie me creería que he perdido la memoria. He empezado a recordar ciertas cosas, y es posible que vaya recordando más.

Ella lo miró fijamente a los ojos.

—No me importa el dinero —dijo por fin—, pero adoro el rancho. Lo quiero para mí.

—Lo tendrás.

—¿Cómo puedes saberlo?

—De eso me encargo yo, o al menos, eso me han dicho. Tendré que actuar por instinto, y espero que funcione.

En silencio, observaban el sendero. Era poco lo que podían hacer. Se sentía acorralado, atrapado, y no le gustaba esa sensación. Era posible que el dinero estuviera aquí, pero no le gustaba estar aquí adentro, esperando.

Tampoco le importaba el dinero en lo más mínimo. Era un hombre perdido, y quería encontrarse. Parecía seguro que era Jonás Mandrin, pero ¿*quién* era Jonás Mandrin? Con la pérdida de su identidad había perdido los problemas de dicha identidad, y también el odio que le había producido el crimen que lo había llevado a matar.

Era probable que la amnesia fuera un intento de su mente por escapar de todo eso, y no veía la necesidad de volver atrás e intentar recuperar el pasado, aunque sí quería saber *qué* era él. Lo que necesitaba ahora era una oportunidad para comenzar de nuevo.

Mientras esperaban, le contó algo de lo que había logrado descubrir acerca de Jonás Mandrin, y por qué creía que se había convertido en Ruble Noon.

Amargado por la ira del asesinato de su esposa, se había marchado sin rumbo fijo. Cuando había sido atacado, se había defendido con todas sus fuerzas; y cuando el ganadero lo reclutó para hacerle la guerra a los forajidos, había aceptado de inmediato, porque representaban el mal que lo había despojado de su esposa y de su felicidad.

De pronto sintió ira consigo mismo.

—Soy un tonto de estar aquí esperando a que me agarren —dijo. Descolgó de la pared una escopeta y un rifle y los cargó—. Ten estos —le dijo—. Si intentan entrar a la cabaña, sal por el clóset, por donde yo entré. Encontrarán esa salida, pero les tomará tiempo. No uses la escopeta hasta entonces.

Se quitó las botas y se puso unos mocasines que sacó del clóset; luego, tomando su rifle, se dispuso a irse.

Ella lo detuvo.

—Jonás, o comoquiera que te llames, ten cuidado.

—Fan... ya me conoces. No te hagas ilusiones.

—Cuando vino al oeste, mi padre luchó contra los bandidos, los forajidos y los malvados indios —dijo—. Si sólo los malos están dispuestos a usar la fuerza, ¿qué pasará con los buenos? Algunos de estos hombres perversos sólo saben de violencia. Creo que hay un momento para hacer uso de una pistola, y que luego hay un momento para abandonarla.

—¿Crees que puedo dejar de ser un pistolero?

—¿Por qué no? Fuiste periodista, después

empresario. Puedes dejar las pistolas y dedicarte a escribir de nuevo. Así de fácil.

Bajó por el sendero al paso largo de un hombre habituado a los bosques, pero cuando se internó entre los árboles, esperó y escuchó. El aire de la montaña es limpio, y el sonido se transmite con claridad. Ahora se encontraba en la cima de un empinado risco por el que debían subir, pero, inicialmente, no oyó nada.

Podía ver el rancho a lo lejos, pero no veía ningún movimiento allí, tampoco había caballos en el corral. Eso significaba que todos los jinetes habían salido.

Avanzó entre los árboles, con el oído atento al menor ruido. Ahora se sentía mejor. Ya no le dolía la cabeza, sus sentidos estaban alerta. Le agradaba el aire limpio y fresco, y experimentaba la emoción intensa de la caza. Porque era tanto cazador como presa.

Rodeó un grupo de álamos temblones, avanzó por el borde externo, escuchó el golpe de una herradura contra una piedra y se quedó quieto. El ruido vino de algún lugar al pie de la montaña.

Cerca del sendero, se sentó sobre los talones y estudió el terreno que debía seguir, mirando a la derecha y a la izquierda en busca de un lugar donde resguardarse. La roca del otro extremo del valle se erguía como un enorme pan de piedra, con una sola grieta larga y diagonal que atravesaba su superficie.

Se acercaban.

Se puso de pie sin hacer ruido y se desplazó como un fantasma entre los árboles, donde había algunas rocas y lajas dispersas. Cerca al sendero, escuchó con atención esperando oír el crujir de una montura, el jadeo de un caballo que ascendía por la montaña, el tintinear de unas espuelas.

El único ruido era el susurro de las hojas de los álamos temblones movidas por el viento hasta que... escuchó algo más.

Súbitamente se dio la vuelta al tiempo que desenfundaba su pistola. Era Dave Cherry, y había llegado hasta aquí al estilo indio, por entre los árboles. Sonreía mientras le apuntaba con su rifle.

Rub'e Noon sintió cómo la pistola dio una sacudida en su mano, y vio cómo la expresión del rostro de Dave Cherry cambiaba y quedaba rígida por la sorpresa. Ruble Noon disparó de nuevo y vio la marca del disparo en la camisa del pistolero.

Cherry dio un paso atrás y se dejó caer sentado pesadamente, con una expresión de intensa sorpresa en su rostro, y luego su rifle se disparó, y la bala abrió un hueco en el suelo a sus pies.

Los ecos iban y venían entre las rocas, luego cesaron, y reinó de nuevo el silencio.

Sin hacer ruido, Ruble Noon cargó dos balas en su pistola.

# CAPÍTULO 13

ESPERÓ UN RATO, mientras contaba lentamente hasta veinte, escuchando. Luego se desplazó rápida y silenciosamente, cambiando constantemente de sitio por la ladera de la montaña, buscando un lugar donde ocultarse donde aparentemente no lo había.

El silencio era total. Los repentinos disparos habían dejado el bosque en silencio. Hasta las hojas de los álamos temblones parecían haber dejado de temblar. Los rayos de sol que se filtraban a través de ellas formaban vetas de luz en el suelo.

Se sentía bien. Estaba listo. Lo sentía en sus músculos y en su respiración rítmica y fácil. Le agradaba el contacto con el rifle; sabía que enfrentaría la pelea de su vida.

¿Cuántos hombres eran? Ben Janish, claro está, y tal vez otra media docena. Dave Cherry había sido uno de los mejores, y ya no participaría, pero ellos aún no lo sabían, aunque tal vez lo adivinaran. Había visto muchas buenas peleas entre los mejores tiradores en las que ninguno había logrado dispararle a otro, porque los mejores tiradores solían ser muy hábiles para ocultarse y moverse. Aún para un experto francotirador, la luz, la sombra y el movimiento podrían ser engañosos.

Se tomó su tiempo, esperando, pensando, planeando. Cherry debía de haber dejado el sendero para ascender a pie por la montaña y tratar de sorprenderlo por el flanco. Sin duda, los otros se encontraban aún en el sendero, y no había muchos lugares donde pudieran desviarse a menos que lo hicieran a pie.

Estudió la ladera, atento a detectar lugares donde poderse ocultar, con sitios alternativos por si le disparaban.

———

BEN JANISH NO tenía la menor prisa. Había escuchado los disparos allá arriba en la ladera de la montaña, y esperó unos minutos de pie junto a su caballo. Luego se alejó del sendero y se sentó sobre los talones detrás de una laja inclinada, cerca a Kissling.

—Dave se lo buscó —dijo—. Ruble Noon lo mató.

Kissling levantó la vista.

—¿Por qué está tan seguro?

—Dave habría gritado si hubiera podido. Nos habría llamado desde allá.

—Tal vez todavía lo esté buscando.

—¿Él? Que yo sepa, Dave jamás en su vida desperdició un tiro. Claro que a todos nos sucede, tarde o temprano, pero Dave... es un pistolero muy cuidadoso. Nunca dispara a menos que esté seguro de matar a su rival. No me cabe duda de que está muerto.

John Lang hizo un hoyo en el piso con un palo, sin ningún comentario. Charlie movió los pies y comenzó a hablar, pero luego se arrepintió. Pensó para sus adentros que ese Ruble Noon debía ser un verdadero toro de los bosques, porque matar a Dave Cherry no era nada fácil.

—¿Nos vamos a quedar aquí? —preguntó Kissling.

—Esperaremos —dijo Ben Janish—. Si quiere subir hasta allá, hágalo. Pondré una marca en su tumba.

Después de un largo silencio, dijo: —Lo dejaremos que sude. Si él puede esperar, nosotros también.

—¿Qué pasa con el juez? ¿Por qué está metido en esto? —preguntó Kissling.

Ben Janish lo miró.

—No hay ningún problema con él. Es bueno tener un juez de nuestro lado. Tal vez lo necesitemos.

Kissling no quedó satisfecho, pero podía presentir el disgusto en Janish y guardó silencio. Parecía haber aquí algo más de lo que había pensado.

El Juez Niland había llegado cabalgando al rancho poco después del amanecer y sostuvo una larga conversación con Janish, que nadie más escuchó. Después, fue hasta la casa y aún estaba ahí, hablando probablemente con Fan Davidge. Kissling tenía la impresión de que estaba ocurriendo algo de lo que él no estaba enterado, y le disgustaba.

De repente se puso de pie y se retiró hacia los árboles. En algún lugar de la colina, arriba de donde se encontraban, el hombre llamado Ruble Noon esperaba, manteniendo aquí a todos con la amenaza de su presencia. Kissling miró hacia arriba por entre los árboles. Noon lo irritaba, y no podía imaginar por qué Janish había decidido esperar. ¿El gran Ben Janish tenía miedo? Ruble Noon era sólo un hombre. No podía vigilar en todas direcciones.

—Subiré —dijo de pronto.

—Adelante. —Janish ni siquiera levantó la vista.

Kissling vaciló. Cuando lo dijo, realmente no tenía

intención de ir; estaba esperando prácticamente que Janish le dijera que se callara y lo olvidara. Ahora, su fanfarronada había sido aceptada y permanecía ahí de pie, indeciso. Podía sentarse de nuevo y nadie diría nada, pero sabría que lo menospreciarían. Las vidas de los hombres se deciden por detalles tan pequeños como este.

Disgustado, se retiró y comenzó a subir por la ladera. Lejos del sendero, la ladera se hacía más empinada y estaba cubierta de hierba, o a veces de piedras. En su mayoría tenía árboles por entre los que se podía mover, pasando de uno a otro y agarrándose a los troncos con una mano para ayudarse a subir. Cuando había avanzado un corto trecho, se detuvo a escuchar, tenía el rostro bañado en sudor.

¿Qué diablos? Ahora que estaba lejos del grupo, ¿para qué subir? No estaba buscando pelea. No le gustaba Ruble Noon, y Noon era una amenaza para ellos, pero era un territorio extenso y no tenía ninguna necesidad de volver a pasar por aquí.

Aún mientras pensaba todo esto sabía que no lo haría. Encontró un sendero empinado por entre los árboles y lo siguió. Ben Janish no era el único que sabía usar una pistola. Les enseñaría una cosa o dos. Había observado a Ben Janish, y sabía que él podía disparar con la misma rapidez. Había olvidado dos detalles: la seguridad en el manejo del arma y la puntería al disparar. Sabía que podía desenfundar tan rápido como Janish, pero lo que no sabía, y no llegaría a saber jamás, era que si se hubieran enfrentado en un duelo, Janish lo habría vencido cincuenta veces de cincuenta.

Sabía poco acerca de Ruble Noon, a excepción de que, según había oído decir, era un pistolero, un asesino a sueldo. Tenía de él el mismo concepto que tenía de sí mismo, o de Dave Cherry o de John Lang. Nada sabía del pasado de Ruble Noon. No sabía que, en otra vida, había sido un cazador, un hábil cazador de caza mayor, un hombre que en el bosque se sentía tan a gusto como un leopardo y además era igual de peligroso.

Avanzó por la ladera, examinando cuidadosamente los árboles y arbustos, pero sus ojos estaban entrenados para la observación en campo abierto, para arriar ganado o para usar pistolas en los pueblos o en los patios de los ranchos.

Creía que avanzaba sin hacer ruido. De vez en cuando se detenía, ajeno al cañón del rifle que lo rastreaba por la ladera y a través de los árboles a medida que ascendía. No había visto nada, y pensaba que tampoco había sido visto. De pronto, llegó a un pequeño claro bañado por el sol, donde no había sombras, y al salir de entre los árboles, levantó la mano para bajar el ala de su sombrero. Cuando retiró su mano, vio a Ruble Noon de pie, donde hacía un momento no había nadie, y Noon sostenía un rifle en sus manos.

—No quiero matarlo —dijo Ruble Noon en tono de conversación, como si estuvieran sentados en una taberna ante un par de jarros de cerveza—. Quiero que se devuelva.

—No puedo hacer eso —dijo Kissling, y se sorprendió de sus palabras—. Les dije que vendría a buscarlo —y agregó—, les aseguré que lo encontraría.

—Dígales que no pudo encontrarme. No tengo

nada contra usted, Kissling. Usted trató de atacarme allá abajo, pero yo no salí a buscarlo. Usted no me interesa.

Una hora antes, inclusive unos minutos antes, Kissling habría dicho que una conversación semejante era imposible; sin embargo, aquí estaba, hablando con Ruble Noon sin ninguna animosidad.

—Mi pelea es con Janish —dijo Ruble Noon—. Quiero que todos ustedes se vayan del Rafter D y dejen tranquila a Fan Davidge para que viva su vida como ella quiere. Su padre me pagó para asegurarme de que ustedes se fueran. Es algo que tengo que hacer, Kissling. Acepté su dinero.

—¿Matará a Janish?

—Si tengo que hacerlo.

—¿Qué pasará conmigo?

—Baje de nuevo y simplemente diga que no pudo encontrarme. Después de todo, fui yo quien lo encontró a usted. O, si quiere, baje al rancho, consiga un caballo y váyase de esta región.

—Me dijeron que usted nunca le da a nadie una oportunidad.

—Tal vez usted sea la excepción. —Mientras hablaba estaba atento al menor ruido, parte de su atención estaba fija en los demás, en Ben Janish y John Lang—. No quiero matarlo, Kissling, pero usted sabe cuáles son las probabilidades. Podría fallar el tiro con una pistola de seis balas, aún si lograra desenfundarla… a quince metros, yo no fallaré con este rifle.

Kissling podía sentir el sudor que le corría por todo el centro de la espalda. Tenía una posibilidad de escapar, y la iba a aprovechar. Era posible que hubiera mucho dinero aquí, en algún lugar. Tal vez. Pero un cadáver no gasta mucho, y un cadáver no es bien aceptado en los distritos de luces rojas ni en las tabernas.

—Creo que me iré —dijo Kissling en voz baja—. ¿No me despreciará por eso?

—Si realmente quiere saberlo, pienso que acaba de madurar. Un muchacho hubiera intentado desenfundar y habría muerto.

Kissling le dio la espalda a Noon y avanzó hacia los árboles. No se dirigió hacia donde estaba Janish, sino que comenzó a descender por la pendiente, agarrándose de los árboles. Se movía como si se encontrara en un trance, sin pensar en nada, sólo consciente de que estaba escapando, de que seguiría con vida.

Ruble Noon lo vio alejarse y sintió alivio. Kissling era un caso límite... parecía tener posibilidades, a pesar de su terquedad. No podía decirse lo mismo de Ben Janish ni de Lang. Eran duros y destilaban maldad.

Como un fantasma, se deslizó de nuevo al abrigo de los árboles. Desde donde esperaba ahora tenía una visión diagonal del sendero, y podría ver a los hombres cuando aparecieran. Podría disparar al menos a uno de ellos antes de perderlos de vista, y eso era exactamente lo que habría hecho quienquiera que él hubiera sido antes.

Más abajo por la ladera, Ben Janish maldijo. No había escuchado ni un tiro de pistola.

—¡No lo encontró! Ese Kissling, con ojos de ternero, no podría encontrar una silla de montar en un establo iluminado.

—Dele tiempo —dijo Lang en tono seco—. No está persiguiendo a ningún peregrino.

Pero no se escuchaba el menor ruido arriba en la montaña iluminada por el sol, ningún movimiento perturbaba las sombras de las hojas de los árboles.

—Está bien —dijo por fin Janish—, subiremos. Caminen despacio y prepárense a disparar. Es probable que no tengamos muchas oportunidades.

Janish avanzó y empezó a subir por el sendero. Más que los otros, sabía que Ruble Noon era probablemente alguien que sabía moverse por entre el bosque. Como hombre cauto, Janish había leído todo lo que se había publicado en los periódicos acerca de los pistoleros y los francotiradores con quienes podría encontrarse algun día, y había escuchado con atención las historias de duelo de pistolas que se contaban alrededor de las fogatas y en los bares. Era mucho lo que había oído hablar de Ruble Noon, y el factor predominante era que se trataba de un hombre al que había que temer.

Le preocupaba no saber nada de Kissling. ¿Qué podía haber pasado? Kissling quería disparar. Era un muchacho deseoso de apretar el gatillo... bien, no tanto un muchacho, sino un joven que, la mayoría de las veces, actuaba como un muchacho. Kissling dispararía si veía un posible blanco, pero probablemente lo haría demasiado rápido, y eso lo podía llevar a la muerte.

Sabía la razón por la que Kissling había subido por la ladera, porque sabía por experiencia que era más fácil avanzar que esperar.

Continuaban avanzando, atentos a cada sombra, pero sin detectar nada.

—¿Cómo sabemos que ha estado aquí arriba? —preguntó Charlie de pronto—. No hemos visto nada.

—Ella vino en esta dirección y tenemos que encontrarla. ¿Qué ocurriría si decida escapar e ir a la oficina del alguacil? —sugirió Lang. Y luego agregó—: Puede apostar que ella sabía a dónde se dirigía. Recuerde que él desapareció del mapa cuando tomó este camino.

Ruble Noon los oyó venir y se internó más adentro en el bosque. Aquí entre los árboles, se sentía como en su casa, tan cómodo como cualquier animal salvaje. Le agradaba el silencio de este lugar, donde sólo se percibía el lejano murmullo de voces, el ruido del viento entre los árboles; sin embargo, ahora que tenía que enfrentarse a lo que había que hacer, estaba indeciso.

Había sido un cazador de grandes piezas, un famoso tirador, presidente y propietario de una empresa de armas y periodista, una especie de escritor. Y luego se había convertido en un cazador de hombres. Después había sufrido el golpe en la cabeza, y le había sobrevenido la amnesia. Aparentemente esta no le había hecho perder ninguna de sus destrezas, aunque había perdido, o parecía haber perdido, la intención, el propósito de concentración.

Estos hombres que venían persiguiéndolo eran bandidos, asesinos y, si lo encontraban, lo matarían, y era probable que también trataran de matar a Fan. Sin duda la aterrorizarían, la obligarían a permanecer prisionera. Eran sus enemigos, enemigos de la sociedad, aves de rapiña. Y, sin embargo, él no tenía deseos de matarlos.

Esta misma falta de interés representaba un peligro. En la situación en la que se encontraba podía no haber tiempo para incertidumbres, para consideraciones filosóficas. Debía matar o lo matarían... y no quería morir.

Esperó, agazapado, escuchando cada uno de sus movimientos. En dos oportunidades alcanzó a divisarlos por entre las ramas y, al menos en una oportunidad, tuvo a Charlie justo en la mira, pero no disparó. Sin embargo, cada paso los acercaba más a Fan, los acercaba más al momento en el que él ya no tendría otra alternativa.

¿Cuántos había allá abajo? Al menos seis, pensó. No había visto a todos los bandidos que se encontraban en el Rafter D, y era probable que fueran aún más, pero sí había podido detectar seis.

Intentó pensar en alguna forma de poderlos detener sin llegar realmente a dispararles. Probablemente no vacilarían en matarlo o capturarlo si tuvieran la oportunidad.

Levantó su rifle, liberó sólo un poco la presión sobre el gatillo y respiró profundo. Exhaló si dificultad, y...

Oyó pasos detrás de él justo cuando se disponía a apretar el gatillo. Se lanzó de espaldas con rapidez y con fuerza, y recibió un fuerte golpe en el hombro al caer.

Dándose la vuelta, se levantó con el rifle y disparó... demasiado pronto. Falló el tiro, volvió a resguardarse entre los arbustos y escuchó un grito desde el sendero. Oyó luego el crujir de las ramas de los arbustos que se quebraban, y hacia la derecha, arriba de donde él se encontraba, escuchó una voz.

Era una voz fría, con tono de desdén: la voz del Juez Niland.

—Crecí en el bosque, Ruble Noon. No me preo-cupé por usted porque sabía que yo, personalmente, podía matarlo.

Súbitamente experimentó un frío intenso. Le ha-bían disparado, lo sabía, pero esperaba que no fuera grave. Lo que lo había dejado realmente impactado era el hecho de que fuera el Juez Niland.

Había estado observando el grupo que venía por el sendero, y había permitido que su atención se des-viara a otro lugar. Había sido un tonto.

Retrocedió de nuevo entre los árboles. Ahora nece-sitaría todos sus conocimientos del bosque. No se atrevía a dispararle a Niland, porque si lo hacía, me-dia docena de rifles dispararían de inmediato al lugar donde él se encontraba. Y Niland lo sabía.

Ruble Noon lo oyó decir en tono confiado:

—Acérquese despacio, Ben. Lo tenemos. No tiene la menor oportunidad.

Su brazo izquierdo estaba dormido, y se llevó la otra mano al hombro. Cuando la retiró, estaba hú-meda. La limpió en su pantalón para que la sangre no cayera al piso, y retrocedió un poco más.

La empinada ladera estaba cubierta de pinos o de grupos de álamos temblones. Niland se encontraba en algún lugar más arriba, detrás de él; los otros ve-nían desde el sendero, por lo que caminó hacia atrás, descendiendo y atravesando la ladera.

Con el rifle en su mano izquierda, utilizaba la otra mano para sostenerse y retroceder descendiendo por entre los árboles. Se movió hacia atrás, pisando las agujas de los pinos prácticamente sin hacer ruido al desplazarse agazapado.

Algo rozó las hojas de los árboles en dirección al sendero, pero de arriba, donde estaba Niland, no se oía nada. El juez era buen tirador; no había perdido su destreza.

Sabía que podían estar acercándosele, pero no se atrevía a levantar la vista para confirmarlo. Entró a un grupo de álamos temblones casi gateando, arrastrándose loma abajo un poco más, luego se enderezó y corrió por varios metros antes de agazaparse de nuevo.

Alguien gritó: —¡Allá! ¡Lo vi! —Era la voz de Charlie.

La maleza se quebró a cierta distancia loma abajo, frente a él, y de pronto apareció Lang a un poco menos de cuarenta metros de distancia. Se vieron mutuamente al mismo tiempo. Charlie subió su rifle; en sus ojos brillaba el triunfo, y apretó su dedo sobre el gatillo.

Tenía la vista fija en Noon a lo largo del cañón, lo observaba allí, como una sombra oscura contra el verde de los álamos temblones y el blanco de sus troncos. Noon sostenía su rifle en su mano izquierda, y Charlie se tomó el tiempo de gritar: —¡Vengan! ¡Lo tengo!

En el mismo instante en el que disparó, vio una centella salir del rifle de Noon. Este tenía la culata del rifle bajo el brazo izquierdo, y lo apuntaba con su mano izquierda.

*Nunca podrá dispararle a nada así,* pensó Charlie mientras disparaba.

Algo pareció girar bajo su talón, y su rifle disparó al piso. Lo miró fijamente... sorprendido, preguntán-

dose por qué lo había dejado caer. Comenzó a levan-
tarlo de nuevo, pero entonces le sobrevino una
enorme debilidad. La tierra se deslizó bajo sus pies, y
cayó bocabajo sobre las agujas de pino. Empezó a levantarse, empujándose con las manos, y le sorprendió
ver que el sitio donde había caído estaba rojo, empa-
pado en sangre.

Se puso de rodillas y de pronto comenzó a toser.
Era una tos seca que le producía un dolor intenso.
Levantó su mano para secar la humedad alrededor de
su boca, luego miró su mano con una expresión estú-
pida en sus ojos. La humedad era sangre, una especie
de sangre espumosa. Parpadeó, y de pronto sintió
miedo.

Supo que había sido herido en el pulmón. Dejó
caer el rifle y rasgó su camisa. Podía ver el orificio en
su tórax... pequeño y no muy importante, aparentemente... dejaba escapar apenas un hilo de sangre.

Quiso gritar pidiendo auxilio, pero inicialmente no
le salió la voz, y cuando gritó, sintió que lo atravesaba un lancetazo de dolor.

—¡Ben! ¡Ayúdame! Por el amor de Dios...

Nadie respondió, pero los podía oír moviéndose
por la montaña, buscando a Ruble Noon.

Tomó su rifle y comenzó a avanzar por la pendiente. Ya no estaba ansioso por encontrar a Ruble
Noon. Ya no quería encontrar a nadie. Quería llegar
a donde estaba su caballo, cabalgar hasta el rancho.
Si podía llegar allí, esa muchacha... Fan Davidge... se
encargaría de cuidarlo.

Llegó hasta el sendero y comenzó a bajar hacia
donde estaban los caballos. Tropezó y cayó, y perma-

neció acostado sobre las hojas en un parche de luz de sol dorada. Le recordó la fuente donde solían ir a buscar agua cuando estaban en la mina en Arkansas. Solía acostarse al sol así, y sentir el olor de la hierba mientras escuchaba el murmullo del agua.

Le agradaría tener agua para beber, pero ya no quería levantarse... tampoco tenía fuerzas para hacerlo. Pronto llegarían y lo encontrarían... mamá lo encontraría. Siempre lo encontraba. Ella sabría qué hacer...

Ruble Noon estaba entre los álamos temblones. Los delgados troncos de los árboles estaban tan cerca unos de otros y eran tantos que no había una posibilidad en cien de que una bala lo alcanzara, en caso de que lo vieran. No había una línea de fuego despejada en ninguna dirección.

Se puso de pie y corrió agachándose y esquivando las ramas, serpenteando por entre los árboles, concentrado sólo en escapar. Alguien disparó detrás de él, y oyó el chasquido cuando una bala golpeó contra un árbol.

Escapó por entre los árboles, encontró una estrecha ruta utilizada por los animales y corrió por ahí. Sangraba y no tenía idea de qué tan lejos podía llegar. Pero si se detenía, sólo encontraría la muerte.

Corrió por el sendero, se agachó para atravesar otro grupo de álamos temblones y de pronto vio una empinada roca con una hendidura que llegaba hasta la cresta de la montaña.

¿Podría llegar hasta allá? ¿Podría llegar antes de que lo alcanzaran?

Entró en la grieta y empezó a ascender. Moverse le producía un dolor endemoniado, y le faltaban aún unos quince metros para llegar arriba. Siguió ascendiendo, y las rocas iban cediendo bajo sus pies.

Oyó un grito que venía de abajo, y luego un disparo. Algunos fragmentos de roca golpearon su mejilla. Llegó arriba, rodó sin peligro sobre el borde superior y vio una enorme roca justo en la orilla. Se acostó de espaldas, apoyó las suelas de sus mocasines contra la roca y empujó con fuerza. La roca se movió, se balanceó y luego se desplomó con un enorme estruendo.

Se escuchó un grito de alarma desde abajo y luego un alarido. Otras rocas cayeron después de la primera. Se puso de pie.

Se encontraba en un valle elevado, no muy distinto del valle vecino en el que se encontraba la cabaña. El suelo estaba cubierto de hierba, con restos de nieve a los lados en las áreas protegidas del sol, y había algo de nieve bajo los árboles. El valle donde estaba la cabaña quedaba al otro lado del risco más bajo, hacia el norte.

Comenzó a correr, esperando llegar a los árboles antes de que sus perseguidores entraran a este valle. La herida del hombro le sangraba, y después de correr por un corto trecho, aminoró la marcha y avanzó caminando. Atravesando la pradera en sentido diagonal, entró al grupo de árboles en un punto donde no había nieve.

Mirando hacia atrás, no pudo ver el camino tras de sí, pero sabía que había dejado atrás un sendero. Ascendió hacia la cresta de la montaña, que estaba a unos cien metros de la pradera.

Cuando había ascendido hasta la mitad del camino, se detuvo para recobrar el aliento. Había llegado muy arriba, y tanto la altura como su herida lo estaban afectando. Se sentó sobre los talones, cerca de un precipicio desde donde podía ver por donde había subido, sacó su pañuelo y se taponó la herida lo mejor que pudo. No era una herida grave, pero la pérdida de sangre lo asustaba.

Estando allí a la espera, vio aparecer al primer hombre... con mucha cautela. Dejó su rifle en el suelo, se levantó hasta sentarse, volvió a tomar el rifle y, sosteniendo su codo firme, apuntó con precisión. Respiró profundo, soltó un poco del aire y presionó suavemente el gatillo.

El hombre que venía desde abajo había subido un poco más para tener una mejor visión. Ubicándolo en la V de su mira, Ruble Noon presionó muy suavemente el gatillo. El rifle saltó en sus manos, y el hombre dio un giro y cayó, se levantó con dificultad y cayó de nuevo.

Utilizando el rifle como apoyo, Ruble Noon se puso de pie y, sin siquiera mirar hacia atrás, continuó su camino. Para ahora debía haber llegado a una altura de por lo menos tres mil trescientos metros, y sólo había dado unos pocos pasos cuando se vio obligado a detenerse para recobrar el aliento. Miró hacia atrás, pero no vio nada.

Continuó, y ya estaba llegando a la cima de la montaña cuando volvió a mirar atrás. Pudo ver varias personas que avanzaban por la pradera hacia él.

De nuevo se sentó sosteniendo firmemente el rifle y deseando tener un cabestrillo para mantenerlo firme. Apuntó a una de las figuras. Estaban ahora a unos quinientos cincuenta o seiscientos metros detrás de él; y a esa distancia, aún en las mejores circunstancias,

sus disparos podían fallar el tiro por varios centímetros, lo suficiente para que ninguno de ellos diera en
el blanco. Y estos hombres venían muy cerca unos de
otros; podía hacer que todos sus tiros dieran en un espacio de seis metros cuadrados. Sentado, y bien acuñado, disparó rápidamente cinco veces. Los hombres
que venían por la pradera se dispersaron como perdi-
ces. Uno de ellos tropezó, cayó y se levantó de nuevo.

Ruble Noon se puso de pie despacio mientras recargaba el rifle. Había hecho mejores tiros, y pensó en
Billy Dixon en Adobe Walls, que había bajado a un
indio de su caballo a una distancia de un poco menos
de dos kilómetros... aunque había sido con un rifle
Sharps calibre 50 grande para cazar búfalos.

Subió a la cima de la montaña, que en este punto
estaba medio desnuda. Miró hacia el otro lado del valle, donde se encontraba la cabaña; podía ver el lugar,
pero no podía ver la cabaña en sí porque la ocultaba
un lado de la roca.

Estaba muy cansado por el ascenso y la altura. Se
sentó, respiró profundo varias veces el aire frío y limpio. Vendrían a buscarlo, lo sabía, pero vendrían con
cautela, sin saber cuándo podría disparar de nuevo.

Lo mejor era ir a la cabaña a buscar a Fan e irse
con ella al rancho. Miguel ya debería haber llegado y,
con Arch y Hen para ayudarles, podrían hacer frente
a lo que fuera... si sólo lograban volver allá.

A pesar del cansancio, tenía que bajar de la montaña y atravesar el otro valle. ¿Habría alguien vigilando el rancho? ¿Se habrían tomado el lugar? ¿Ya
tendrían a Fan?

Intentó ponerse de pie, pero sus rodillas no lo

sostuvieron y se dejó caer sentado. Esperó por un momento, y sintió que lo invadía el miedo.

Estaba en un lugar demasiado descubierto. No era la mejor ubicación para una pelea. No intentó levantarse de nuevo, en cambio, se acostó y dio varios botes para retirarse de la cima. Se agarró de un peñasco y se levantó. Lo lograría… tenía que lograrlo.

# CAPÍTULO 14

L A CIMA DE la Montaña, entre los dos valles, había sido despojada de toda vegetación por acción de un glaciar. Los árboles que crecían en sus empinadas laderas eran abetos falsos mezclados con unos cuantos pinos piñoneros retorcidos y antiguos.

Ruble Noon descendió cuidadosamente por la ladera, consciente de que una caída podía ser fatal. La herida había dejado de sangrar, pero todavía lo obligaba a tener cuidado, porque aunque era apenas superficial, la pérdida de sangre lo había debilitado.

Se detuvo, una vez más, bajo un viejo abeto para recobrar el aliento y, atraído por su presencia, un cuervo ladrón de campamentos, comenzó a saltar de rama en rama.

El piso estaba cubierto principalmente de cascajo y troncos sin hojas de árboles caídos o rocas medio cubiertas de líquenes. Encontró un deslizadero de roca y se dejó escurrir por ahí, para caer en un apretado grupo de helechos machos y hembras, con parches dispersos de coloridas matas de aguileña.

Se puso de pie apoyándose en su rifle y siguió bajando por una veta de abetos falsos, hasta llegar al borde de una pradera en el valle, lleno de tupidos parches de pequeñas flores, donde se detuvo, indeciso, analizando sus alternativas.

La cabaña, todavía oculta entre las rocas al otro

lado del estrecho valle, estaba a unos ciento ochenta metros de distancia, pero al ver que no había dónde ocultarse, la distancia le pareció muy grande, porque en ese trecho sería un blanco perfecto. De cualquier forma, no había otra ruta.

No sabía lo que encontraría al llegar. Su primera preocupación tenía que ser Fan Davidge. Después de todo, ella era la razón por la que estaba aquí. Podía estar prisionera, o podía estar muerta, y él podía ir camino a una trampa; pero era un riesgo que tenía que correr. Para bien o para mal, debía atravesar el valle al descubierto y llegar a la cabaña.

Con su rifle listo en la mano, respiró profundo y, saliendo del grupo de abetos, se dirigió despacio, a paso largo, por la suave hierba hacia un pico rocoso al otro lado del valle.

Después de dar unos veinte pasos, miró a su alrededor... no vio a nadie. Recorrió otro trecho igual, y aún seguía avanzando solo.

Miró a la cima, a unos ciento treinta metros de distancia. En una época había sido un buen corredor de distancia, pero no era bueno para las carreras cortas. Sin embargo, cuando las había practicado, nunca lo había venido persiguiendo alguien con un rifle... y eso podía representar una gran diferencia.

Continuó avanzando al mismo paso. Más adelante y un poco a la izquierda, vio las pequeñas rocas dispersas de una morena, nada muy imponente, pero una oportunidad de ocultarse, aunque fuera un poco.

Continuó su camino...

El ruido de una rama al quebrarse rompió el silencio. Miró sobre su hombro... había allí un hombre que levantaba un rifle para colocarlo a la altura del hombro.

Ruble Noon echó a correr como un venado asustado. Los disparos del rifle sin duda atraerían a otras personas, y quería poder disparar desde un lugar seguro. Si alguna vez iba a correr, era mejor hacerlo ahora.

Al dar el cuarto paso, se desplazó ágilmente hacia un lado y salió por una tangente. Escuchó el disparo agudo del rifle y vio cuando la bala golpeó el piso más adelante. Dio otro paso y volteó a la derecha. Vio una hondonada en el valle y se dejó caer deslizándose y rodando hasta allá.

Escasamente cabía, pero sabía que podía esconderse en muy poco espacio. Con su rifle sobre los antebrazos, se arrastró impulsándose con los codos. Podía sentir la humedad bajo su camisa, lo que significaba que la herida había comenzado a sangrar de nuevo, y sabía que no tenía mucho tiempo para llegar a un mejor escondite.

La hondonada en la que había caído tenía apenas unos centímetros de profundidad, pero corría en la dirección a la que se dirigía. Más adelante era un poco más profunda, y se fue arrastrando hasta que llegó a unos pocos metros de las rocas en el extremo opuesto. Se impulsó y salió. Dio tres largos pasos antes de que lo vieran.

Oyó un tiro, pero la bala debió pegar en algún lugar retirado, detrás de donde él estaba. El próximo tiro fue alto, y para entonces ya había llegado a las rocas.

Se acostó, luchando por recobrar el aliento, pero pronto se ubicó en una posición en la que podía divisar todo el valle. Se veía vacío ante sus ojos. Aparentemente, ellos tampoco estaban muy dispuestos a cruzar esa pradera abierta... y él había corrido con suerte.

No había tiempo de hacer nada con su brazo. Tenía ante sí la tarea desesperada de abrirse camino por entre las rocas hasta la cabaña, y el lugar por el que debía avanzar estaba totalmente expuesto. Si alguien aparte de Fan lo estaba esperando allí, sería hombre muerto.

Lenta y dolorosamente, protegiendo su hombro herido hasta donde le era posible, avanzó entre las rocas. Por momentos quedaba expuesto, pero no hubo más disparos. O no lo vieron, y estaban permitiendo, a propósito, que llegara a la cabaña, o se habían ido para intentar cruzar el valle más arriba, lejos de su línea de fuego, y bajar para atacarlo por detrás.

El sol era ardiente. Tenía la garganta seca, y de alguna forma se había lastimado una pierna al caer entre las rocas. Al principio no sintió nada, pero ahora le dolía.

Siguió arrastrándose, luchando por vencer el cansancio y deseando tener un poco de agua fresca para calmar su sed. Le parecía que había estado corriendo por una eternidad; sólo quería escapar, encontrar algún lugar fresco y tranquilo donde poder dormir sobre la hierba, pero ahora ya era demasiado tarde para eso. Tenía que luchar o morir. Pero antes, debía hacer lo que tenía que hacer.

Ubicado entre dos fragmentos de roca, observó de nuevo el valle por un momento. Las olas de calor reverberaban ante sus ojos. Parpadeó y vio que aún estaban allí... cuatro hombres, dispersos en una larga línea sinuosa, pero avanzando hacia él.

Era probable que pudiera matar a uno, tal vez a dos, pero entonces lo acorralarían y lo matarían a su debido tiempo. Ninguno parecía ser el Juez Niland. Tampoco veía a Ben Janish.

Mientras avanzaba, quedó de pronto al descubierto pero no titubeó. Lo verían, pero tendrían que detenerse, alistar sus rifles y disparar, y en ese corto tiempo, él podría, con algo de suerte, cruzar el espacio abierto. Una vez que llegara a los matorrales y las rocas, podría dirigirse a la cabaña.

Arrancó a correr. Había dado tres zancadas cuando la primera bala golpeó en algún lugar detrás de él. Otra dio en una piedra frente a sus pies con un fuerte chasquido; luego una piedrita rodó bajo la suela de su bota y cayó pesadamente, soltando su rifle, que sonó al rodar sobre las piedras.

Se oyó otro tiro, y sintió fragmentos de piedra que le golpeaban la cara. Haciendo un esfuerzo, se puso de pie, por un momento perdió el equilibrio y, tropezando contra un arbusto, cayó de nuevo, esforzándose por respirar, pero no había tiempo que perder. Ya no tenía el rifle, y pronto lo alcanzarían. Se puso de pie de nuevo y corrió tambaleante.

Cuando llegó a la saliente donde estaba la cabaña, pudo oír que se le acercaban. Llegó a la saliente corriendo, pero aminoró el paso y se detuvo. Se tocó el rostro con la mano, sintió dolor y miró su mano. La tenía muy lacerada por una caída sobre las rocas. La abrió y la cerró... los dedos estaban bien.

De pronto se abrió la puerta de la cabaña y escuchó los gritos de Fan.

—¡No! ¡No!

Un hombre de rostro ancho y expresión ruda, con cejas negras y rectas, estaba frente a él.

—¡Noon! ¡Soy Mitt Ford! Usted mató…

Ruble Noon hizo ademán de tomar su pistola. No tenía tiempo de pensar, y su mano bajó y subió mientras la pistola culateaba con el rugido de su primer disparo. Vio que Mitt Ford daba un paso atrás, y luego se abalanzaba sobre él, con su pistola disparando continuamente. La agitaba de un lado a otro, y Ruble Noon pensó, al tiempo que disparaba: *Es un gran tonto*.

Las balas silbaban alrededor de Noon, pero él aprovechó el momento y disparó tres veces en dirección al área del ombligo de Mitt Ford.

La pistola cayó de la mano de Ford. Intentó recogerla y cayó, intentó levantarse y volvió a caer. En la camisa de Ford, por detrás, se ensanchaba un círculo de sangre.

Ruble Noon corrió ágilmente hacia la puerta. Fan Davidge lo agarró de la mano y lo entró a la cabaña. Mientras la puerta se cerraba, una bala dio en la madera.

—¿Estás bien? —le preguntó él.

—Sí, estoy bien. Ese hombre… llegó aquí hace un momento. Dijo que te mataría.

Ruble Noon fue a la pared donde colgaban los rifles y tomó un Winchester. Estaba totalmente cargado. Recargó su pistola de seis tiros, tomó otro cinturón con otra cartuchera y se lo puso.

Después del súbito destello del sol en el exterior, la oscuridad dentro de la cabaña no le permitía a Fan ver con claridad. De pronto se dio cuenta de que él tenía una mancha ya oscura alrededor de su hombro.

—¡Estás herido! —exclamó.

Desesperado por la pérdida de su rifle y por la cercanía de sus perseguidores, se había olvidado de todo excepto de conseguir otro rifle. Ahora, al ver de nuevo a Fan, sabía cuánto deseaba vivir.

—Será mejor que haga algo al respecto —dijo. Se dejó caer en una silla desde donde podía mirar hacia afuera—. También quisiera algo de beber —agregó.

—Hay café —dijo ella.

—Primero un poco de agua.

El simple hecho de sentarse y descansar por un momento lo hizo sentir bien. Lo que más deseaba era poder recostarse y cerrar los ojos. Sentía los párpados calientes, y sus ojos estaban enrojecidos por el intenso sol y el viento.

—Debemos salir de aquí —dijo—. Esto es una trampa.

—Espera, primero veré qué puedo hacer para curar tu hombro.

Él la miró. A pesar de su preocupación, se movía con gran seguridad, consciente de cada cosa que hacía. Trajo agua caliente y unos paños y, quitándole la camisa, comenzó a limpiar la herida. El agua tibia lo hizo sentir bien. Su mano era suave y trabajaba con rapidez.

Dejó de mirarla y observó por la ventana. Al frente no había nada, pero sabía que los hombres estaban afuera vigilando. No se habían dado cuenta de que sólo había una forma de llegar aquí. Pronto lo sabrían, y entonces comenzarían a disparar.

Ruble Noon sabía demasiado de armas y del efecto

de las balas como para estar tranquilo. En un lugar así, no había que ver el blanco, no había necesidad de ver a nadie. Lo único que había que hacer era disparar hacia adentro, por las ventanas, y dejar que las balas rebotaran contra las paredes.

Muchos disparos fallarían, pero algunos, sin duda, darían en el blanco. Había visto heridas por rebote de bala de pared a pared que producían cortadas como de hojas de cuchillo retorcidas. Una bala que rebotara era capaz de desgarrar la piel de un hombre; cualquiera de ellas podía producir una herida grave. Él lo había visto.

Aceptó una taza de café. Estaba bien adentro de la habitación, mirando hacia la ventana, y ella vendaba su herida, antes de que aparecieran.

Fue el Juez Niland, quien gritó.

—¡Ruble Noon, no tiene oportunidad! ¡Salga con las manos en alto, y haremos un trato!

Él no respondió. Que hablen si quieren. Él no tenía nada que decir.

—Sabemos que Fan Davidge está ahí y que usted está herido. Díganos dónde está, y lo repartiremos con usted por partes iguales.

—¿Iguales a qué? —preguntó.

—Lo compartiremos equitativamente —dijo Niland. Su voz se oía más cerca. Serían unos tontos si intentaban irrumpir en el lugar. Podría acabar con dos o tres de ellos antes de que llegaran a la otra pared.

Hubo un silencio. Fan terminó de vendar su herida. Él estudiaba el área que tenía al frente. Ninguno estaba a la vista, pero eso de la acción de rebote podía dar resultado en ambos sentidos. Afuera, el área era relativamente descubierta, con apenas algunas rocas y unos escasos árboles. Era pequeña la posibilidad que tenía de poder acertar un disparo, pero los podía poner nerviosos.

—Fan, junta algo de comer —le dijo—. Hay algunas bolsas de tela, busca una y empaca algunos enlatados, cosas que no sean demasiado pesadas. Empaca un poco de tocino y café.

Sin preguntar nada, hizo lo que él sugería.

—Prepara también una cantimplora —agregó—, y algunos cartuchos.

—Oiga, Ruble —dijo la voz desde afuera—. No queremos matar a la señorita Davidge. La está poniendo en peligro.

—¿No quieren matarla? ¿Quiere decir que va a robarla y luego la va a dejar en libertad para que vaya y ponga la queja? No lo creo, Juez.

Levantó su rifle y disparó tres veces con rapidez, apuntando cada vez a una piedra o una roca detrás de donde pensaba que se ocultaban los hombres. Oyó cuando las balas golpeaban y luego su agudo silbido. Después se levantó y cerró las persianas. Tenían huecos a través de los cuales podía disparar en caso de que los hombres comenzaran a aproximarse.

—Todavía tiene la oportunidad de salir —gritó Niland—. Si no lo hace, lo obligaremos a salir prendiendo fuego a la cabaña.

¿Prender fuego? No había aquí nada que ardiera, pero el viento golpeaba contra el frente de la casa y si dejaban caer material ardiendo desde la saliente de roca encima de la cabaña, el humo entraría por las rendijas y por las ventanas. Podría impedir que mucho del humo no entrara, pero no todo.

No respondió, pero se volteó hacia el clóset y abrió la puerta.

—Nos iremos por aquí —dijo.

Ayudó a Fan a pasar por las dos puertas, y se detuvo un instante a mirar a su alrededor. ¿Volvería a ver este lugar alguna vez? Estaba absolutamente extenuado. La pérdida de sangre, el calor del sol y el prolongado esfuerzo por escapar habían agotado sus fuerzas. Sin Fan, se habría quedado donde estaba y habría tratado de enfrentar la pelea, pero el humo era algo contra lo que no tenían defensa alguna.

La siguió a través de las dos puertas, cerrándolas cuidadosamente tras él.

# CAPÍTULO 15

ELLA CONFIABA EN ÉL.

Ruble Noon se sentó sobre los talones al borde del buitrón y pensó en eso. Ella había puesto su confianza en él, y no la podía defraudar.

Sin saber cómo ni por qué, él, un hombre que se encontraba perdido, había encontrado a esta mujer y, desde el primer momento, se habían dado cuenta de que había algo en los dos que valía la pena proteger. Desde el principio, habían compartido sus dificultades. Por alguna razón, aún antes de estar herido, se había sentido como si él estuviera destinado a liberarla de los bandidos que se habían apoderado de su rancho.

Habría podido escapar de todo esto, pero se había quedado por ella, y ahora sus vidas corrían peligro. Miró hacia abajo por el buitrón. Parecía una vía de escape fácil... pero ¿lo era?

Ellos sabían dónde estaba el rancho, habían tratado de emboscarlo allí. Y, aunque nadie lo esperara allí abajo, no habría caballos, y habría que caminar mucho para llegar a la pequeña estación, y parte de la ruta incluía un gran trecho de terreno abierto que tendrían que atravesar. Era posible que llegaran a tiempo para abordar un tren; o tal vez los atraparan en campo abierto antes de llegar, o mientras esperaban en la estación.

Para ahora, era probable que los otros ya hubieran descubierto el buitrón. No era fácil de encontrar, y en circunstancias ordinarias tal vez no habrían podido adivinar de qué se trataba; pero estas circunstancias no eran ni mucho menos ordinarias. Habrían estado buscando frenéticamente su vía de escape... y lo más probable era que la hubieran encontrado.

El buitrón podría ser una trampa mortal. Tal vez no hubiera hombres al acecho, esperándolos en el fondo del foso, ocultos en las rocas justo afuera... tal vez no los hubiera... pero no podía estar seguro.

Entonces recordó el hueco oscuro en el que desaparecían los antiguos escalones.

Ya no era posible subir por ellos, las rocas sueltas y la erosión los habían destruido, pero quienquiera que los hubiera labrado en un comienzo no lo había hecho por simple capricho. Esos escalones conducían a alguna parte, y por alguna razón.

¿Un lugar secreto para almacenar grano? No era probable. Subir el grano, en canastos como los que usaban los antiguos pobladores, por esos escalones habría sido imposible. Sin embargo, podría haberse usado para ciertas ceremonias, o como escondite en caso de peligro. ¿O se trataría, tal vez, de una vía de escape?

Se dirigió a la cuña incrustada en la pared de donde colgaban las lámparas. Tomó una lámpara y la agitó; tenía aceite casi hasta la mitad. Había otra casi vacía.

En este lugar entraba poca luz, pero cerca del buitrón era suficiente para poder ver. Miró hacia el rincón debajo de las lámparas y encontró lo que buscaba: un tarro de kerosén casi lleno, con el pico tapado con una papa.

Llenó las dos lámparas y luego, tomando la lata de kerosén y un rollo de lazo que colgaba de la pared, fue hacia el buitrón y le entregó a Fan una de las lámparas. Por un momento se mostró indeciso. Con lo que iba a hacer, quedarían comprometidos en una situación de la que tal vez no podrían escapar; pero, si no lo hacía, estaba seguro de que no tendrían ninguna posibilidad de escape.

Señalando la pequeña plataforma, le dijo a Fan:
—Sube. Estaremos apretados, pero lo lograremos.

Ella miró hacia abajo.

—¿No estarán esperándonos? —preguntó—. Es decir... ¿qué pasa si saben de este lugar?

—No bajaremos del todo —le respondió en un susurro—. Fan, corremos un gran riesgo. Si quieres quedarte y arriesgarte a lo que pueda ocurrir aquí, me quedaré contigo.

—No. Quiero estar contigo... dondequiera que vayas.

Él fue bajando con cuidado la plataforma, en la que prácticamente no tenían espacio para moverse. Cuando llegaron a la oscura boca de la caverna, la detuvo y amarró el lazo. Después de ayudar a Fan a saltar y pararse en el borde de la entrada a la cueva, tomó de la plataforma las lámparas y el tarro de kerosén. Luego subió de nuevo por el buitrón para bajar las bolsas con los alimentos y las municiones. Para cuando bajó de nuevo a la caverna, el humo ya empezaba a llegar hasta allá.

—¿Nos encontrarán aquí? —preguntó Fan.

—Lo dudo.

Miró hacia abajo por el buitrón una vez más, y le pareció ver en el fondo la huella de una bota que no había visto antes; pero había poca luz y era posible que, a esa distancia, sus ojos lo engañaran. Se volteó y miró a Fan.

—¿Confías en mí?

—Sí —dijo ella en voz baja.

Sacó su navaja y cortó los lazos. La plataforma cayó al piso con un estrépito y levantó una nube de polvo. El extremo suelto del lazo golpeó contra las paredes del buitrón y cayó al fondo.

Fan contuvo el aliento y se aferró al brazo de Noon. Allá lejos, en el piso, quedaron la plataforma y el lazo. Ya no tenían forma de bajar, o subir; estaban totalmente aislados.

Dos hombres entraron apresuradamente a la parte de abajo; miraron afanosamente alrededor y luego miraron hacia arriba. Desde donde estaban no veían más que oscuridad y la rueda vacía del malacate. Él podía oír sus voces mientras discutían sorprendidos, pero no distinguía las palabras.

Habían puesto las lámparas muy retiradas del buitrón, y ahora ya las habían recuperado. Fan tomó los dos rifles, y él se colgó al hombro las bolsas con las provisiones, y avanzaron hacia el fondo de la cueva.

Tenían a sus pies el polvo de los siglos. La luz de las lámparas hacía que sus sombras se proyectaran como figuras grotescas sobre las paredes. La cueva era una caverna natural, sin ningún signo visible de haber sido habitada.

Cuando habían avanzado unos quince metros desde el buitrón, llegaron a un espacio relativamente amplio, parcialmente iluminado por la luz que entraba a través de una grieta en el techo a gran altura sobre sus cabezas. En alguna época habían encendido aquí hogueras en un círculo formado por piedras.

—Un campamento transitorio —dijo Ruble Noon—. No creo que esa gente haya vivido en cavernas. Tiene que haber una salida.

—¿Por qué?

—He visto aldeas, probablemente pertenecientes a estas mismas personas, construidas en las mesetas. Pienso que les gustaba vivir a cielo abierto. Es decir, construían sus casas en espacio abierto. Más allá —señaló hacia el este—, he visto ruinas de esas casas, con dos hileras de habitaciones que no eran totalmente cuadradas, la mayoría de ellas de estructura claramente rectangular y siempre sobre las mesetas de las montañas.

El silencio aquí era absoluto. Fan Davidge observó toda la cueva, escasamente iluminada, intentando imaginar qué clase de hombres habrían sido, cómo habrían acampado transitoriamente aquí... o quizá esta había sido una caverna ceremonial, a la que sólo venían en ocasiones especiales.

Con el dedo gordo del pie, Ruble Noon aflojó una vieja tusa de maíz que estaba en el piso, cubierta de polvo, y la tomó con la mano. Había sido desgranada hacía muchísimo tiempo, pero todavía se veían las hileras de donde habían salido los granos. Las contó... diez hileras.

—¿Crees que podamos encontrar el sitio donde vivían si seguimos adentrándonos en esta cueva?

Él se encogió de hombros.

—No hay ningún pueblo cerca de la cabaña, ni tampoco allá abajo en el cañón, aunque no esperaría que lo hubiera. A esta gente no le gustaban los cañones de los ríos. Eso vino después.

Escuchó con atención, pero no se oía nada.

—He recorrido todo este territorio, y en varias ocasiones he encontrado cráneos aplastados dentro de las filas de viejas viviendas en ruinas. Pienso que fueron atacados y ahuyentados de aquí. Al oeste hay algunas viviendas magníficas construidas en cuevas bajo las salientes de las rocas. Creo que se desplazaron allí y construyeron esas viviendas para defenderse.

Se colgó las bolsas al hombro, tomó su lámpara y avanzó agachado por entre un túnel que había más allá. Era muy estrecho, y las bolsas que llevaba al hombro rozaban con frecuencia contra el techo. Contó sus pasos, y cuando llegó a cien, sin que el túnel se ensanchara ni cambiara de dirección, se detuvo.

El ambiente aquí era caliente y pesado. Era difícil respirar. Se secó el sudor de la frente y continuó. La luz de las lámparas era más tenue... por la falta de oxígeno.

Contó otros cien pasos, pero esta vez no se detuvo, avanzó otros cien más. ¿Qué tanto habrían avanzado? Había llevado la cuenta, y consideraba que debían haber entrado unos setecientos u ochocientos metros en la montaña. No estaba seguro de en qué dirección habían avanzado, pero parecía que el túnel iba hacia el este, lejos del rancho.

Después de avanzar otros cien pasos, se detuvo. Las lámparas escasamente alumbraban, y él tenía dificultad para respirar. Fan tenía las mejillas cubiertas de polvo y le corría el sudor.

—Debemos continuar —dijo él—. No tiene sentido devolvernos.

Acomodó de nuevo las bolsas sobre su hombro y continuó. De pronto, el túnel cambió de dirección, formando un ángulo recto hacia la derecha para desembocar en una enorme cámara.

—¡Mira… Ruble! ¡Las lámparas! —exclamó Fan.

Las llamas se habían avivado, como si al voltear la esquina la ventilación hubiera mejorado. Además de hacerse más intensas, parecieron curvarse un poco. Al mismo tiempo, él pudo sentir una ligera sensación de frescura en su mejilla.

Avanzando más rápido, llegaron de pronto a una saliente en la boca de la caverna. Esta saliente daba a un valle que se encontraba a unos cien metros más abajo, un valle que Ruble Noon nunca había visto antes. Era estrecho, y la misma saliente no tenía más de cinco o seis metros de ancho. La boca de la caverna era simplemente una abertura sobre la cara lateral del acantilado.

A un lado había una grieta que ofrecía un peligroso y empinado camino hacia la parte alta de la meseta, a más de treinta metros de distancia. Aquí, sobre la saliente, había un pequeño manantial, y pudieron ver que también aquí habían hecho fuego. Regados por todas partes había trozos de cerámica, la mayoría de ellos con un diseño rojo y negro.

Miró hacia arriba por la elevada grieta que llegaba hasta la meseta en la cima. Cualquier paso en falso en ese ascenso significaría desplomarse acantilado abajo hasta el valle en el fondo; y cualquiera que, en el curso de ese ascenso, fuera sorprendido a mitad de camino por alguien que se aproximara desde arriba, estaría indefenso.

—¿Nos seguirán? —preguntó Fan.

—Deben librarse de nosotros. Sabemos demasiado, y Ben Janish sabe que he sido enviado a matarlo.

—¿Podríamos salir de aquí si nos devolviéramos?

—Lo dudo. Dejé caer el lazo, y espero que lo acepten como un accidente e imaginen que hemos quedado atrapados. Si piensan eso, no nos seguirán. En cualquier caso, un hombre con un rifle podría disparar por ese largo pasaje y detenerlos.

—Pero tu no estás allá atrás... ¿por qué?

Él se encogió de hombros de nuevo.

—Tal vez porque, simplemente, no deseo matar a nadie a menos que sea inevitable... tal vez porque tengo la esperanza de que encontremos una forma de salir por allá arriba —y señaló hacia la grieta.

Tenía unos ciento veinte centímetros de ancho en la parte inferior, y se estrechaba a menos de noventa centímetros hacia la parte superior. Tanto el fondo como los lados por donde debían ascender estaban tapizados de rocas sueltas y rotas, con bordes filosos e irregulares. Mientras subían tendrían a sus pies, a gran distancia allá en el fondo, el amplio golfo del cañón.

Era evidente que quienes habían venido a este

manantial, los que cultivaban maíz y fabricaban la cerámica roja y negra, habían subido por esta grieta, pero las condiciones en esa época remota debían haber sido muy distintas. Desde entonces había habido mucha erosión, y el viento, la lluvia, el hielo y las raíces de la vegetación habían afectado el lugar; por lo que era probable que cuando empezaran a ascender, las rocas y la tierra a lo largo de esta grieta se desprendieran repentinamente y les cayeran encima, y entonces no tendrían cómo escapar.

Él se echó cara al piso y bebió abundante agua fresca del manantial. Se puso de pie y, mientras se secaba la boca con el dorso de la mano, miró hacia arriba por la grieta.

—¿Estás dispuesta a intentarlo conmigo? —preguntó.

—Sí —respondió ella.

—Una vez que emprendamos el ascenso, no habrá vuelta atrás. Descender sería tan difícil como ascender. Tendremos que continuar.

—Está bien.

Sin embargo, aún no se decidía. Tal vez, como Ruble Noon, el cazador de forajidos, hubiera sido una persona que no le temía a nada; pero si había sido así, no era lo mismo ahora. Sabía qué tan inseguros pueden ser esos deslizamientos, y era muy consciente del peligro que correrían.

—¿No es curioso? —dijo Fan—. Sé muy poco acerca de ti, pero me siento segura contigo. Siempre ha sido así.

—Yo mismo no sé mucho acerca de mí. Sí sé que en una época fui Jonás Mandrin, que fui una especie de periodista y que más tarde tuve una empresa de armas de fuego. Pero nada de eso me dice mucho.

—¿Puedo llamarte Jonás?

—Si quieres. —Tomó una de las bolsas—. Mejor nos vamos. No tengo la menor idea de lo que nos pueda estar esperando allá arriba. Es posible que hayan encontrado otro camino para adelantársenos.

—¿Cómo podrían saber por dónde vamos a aparecer?

Eso era cierto, pero no subestimaba a Niland, ni a Ben Janish. Eran hombres astutos, y Niland estaba apostando a un juego peligroso, en el que arriesgaba no sólo su respetable reputación, sino también su vida.

—Es mejor que vayas tú primero —le dijo—. Si te resbalas, tal vez pueda sostenerte.

Él llevaba dos bolsas, pero ahora dejaría una atrás. Pasó la provisión de cartuchos a la bolsa que llevaría con él, y empacó ahí también una lonja de tocino. Tenían comida suficiente para varios días, si la administraban con cuidado. La bolsa haría que fuera difícil guardar el equilibrio, sobre todo porque no era fácil amarrarla.

De pronto los escuchó. El sonido era distante pero claro. ¡Venían por el pasaje!

Sin pensarlo dos veces, se dirigió a la grieta.

—Vamos —dijo.

Fan miró hacia arriba por la empinada ruta y dijo:
—Ve tú adelante… por favor.

No había tiempo de discutir. Con su pie comprobó la firmeza de una roca… parecía firme. Se impulsó, descargó todo su peso sobre la roca y empezó a ascender. Un paso, dos... tres.

Buscando con las manos sitios firmes de dónde agarrarse, fue ascendiendo por la empinada cara del acantilado. En una oportunidad, pisó una roca que rodó por la grieta, y miró hacia abajo. Fan lo seguía de cerca, y debajo de ella estaba el profundo y oscuro cañón de la montaña.

Continuó ascendiendo. La cima estaba a sólo unos pocos metros, pero la distancia parecía enorme. Buscó otro sitio de dónde agarrarse, subió la bolsa un poco para que se sostuviera mejor, y continuó. La grieta era más pendiente de lo que parecía. Le corría el sudor por la cara, y por las costillas debajo de su camisa; y su hombro herido estaba rígido. Fatigado por el esfuerzo, se detuvo de nuevo un momento para descansar. Miró hacia arriba, podía ver el borde, ya muy cerca. Si Niland y Janish los encontraban ahora, podrían dispararles como a sapos en una tina.

Buscó un sitio donde apoyar un pie y comenzó a empujarse hacia arriba cuando, de pronto, la roca cedió. Se sintió caer y se aferró con desesperación a la pared, quedó agarrado con los dedos a un delgado borde en la roca y se aferró con fuerza. Mientras luchaba por no soltarse, sintió una mano que lo agarraba por el tobillo. Podía oír las rocas que caían tras de él al fondo del profundo cañón.

Con los brazos se impulsó un poco más arriba. A este nivel, la distancia entre las paredes de la grieta era menor y pudo apoyar un pie en el muro de roca que tenía al frente y empujarse hacia atrás hasta que sus hombros tocaron el muro del lado opuesto. Ahí encajado, subió la otra pierna, con Fan colgada de su pie, mientras ella también se ayudaba a impulsar con un pie.

Lanzó la bolsa hacia arriba y hacia un lado, y esta cayó a poca distancia, arriba en la grieta. Fan ya había logrado afianzarse y se estaba acercando. Empujando con sus manos en el muro de roca a su espalda y con sus pies en el muro opuesto, él se deslizó un poco más arriba... treinta, sesenta centímetros.

Sosteniéndose, agarró la bolsa y la lanzó de nuevo, pero sólo logró que llegara unos cuantos centímetros más arriba. Se impulsó un poco más alto, y oyó voces que venían desde abajo. Se preguntaban cómo habrían desparecido sus perseguidos, aunque no demorarían mucho en descubrirlos.

Se empujó un trecho más hacia arriba, volvió a lanzar la bolsa y logró lanzarla bien alto, a una distancia de noventa centímetros. Comenzó a voltearse, cuando de pronto oyó un grito abajo. Miró y vio un hombre que nunca había visto antes que lo señalaba y gritaba.

—¡Ben! ¡Ben, lo encontramos!

—Fan —dijo él en voz baja—, arrástrate por encima de mí. Vamos, aprisa... ¡no hagas preguntas!

Ella trepó, y él la tomó por la cintura. Casi totalmente plano, con sus pies asegurados contra la roca a lado y lado, la levantó literalmente por encima de él. Faltaban apenas unos pocos metros para llegar arriba.

—¡Sigue! —le dijo en tono seco—. Cuando llegues arriba, me puedes cubrir con uno de los rifles.

Le quitó el seguro a su pistola de seis tiros y, sosteniéndola en una mano, comenzó a empujarse hacia arriba, con sus ojos fijos en el espacio que tenía tras de sí.

De repente apareció una cabeza, y de inmediato disparó. Oyó un grito y vio a un hombre llevarse las manos a la cabeza y caer... cayó por una gran distancia mientras su grito se iba apagando tras él.

Un disparo pegó en una roca cerca de donde estaba Noon, dejando una marca en el muro como un tajo blanco; luego vino otro disparo... no faltó mucho para que lo alcanzara.

Él se apresuró a subir un poco más y luego, a propósito, empujó con el pie una gran roca hasta zafarla y la observó mientras caía. Dio vueltas y vueltas, cayó unos cuantos metros, golpeó otra roca y rebotó al vacío, golpeó otra vez contra uno de los muros y descendió en caída libre.

Mientras las balas golpeaban las rocas debajo de donde él estaba, se impulsó y alcanzó a llegar al borde, lo agarró y se impulsó hacia un lado de la meseta. Permaneció ahí acostado, inmóvil, esforzándose por recobrar el aliento. Por un momento, permaneció echado sobre la hierba seca, con los músculos temblando por la liberación del esfuerzo. Tenía la mente en blanco. Miró a su alrededor y vio a Fan cerca de él, muy pálida.

—¿Estamos a salvo? —susurró.

—Nunca lo estaremos —respondió—, hasta que hayan muerto, o hasta que los ahuyentemos. Nosotros somos los perseguidos, y ya no podemos avanzar más.

—¿Qué haremos?

—Pelearemos. Nosotros no hemos buscado problemas, pero se necesitan dos partes para llegar a un acuerdo de paz. Nada les gusta más a los perseguidores que ver a los perseguidos acercarse hacia ellos, caminando, desarmados. No tenemos más alternativa, Fan, entonces, pelearemos... pelearemos como no nos han visto pelear jamás.

# CAPÍTULO 16

S E APARTÓ DEL borde de la grieta por donde habían subido y se puso de pie. Estaban arriba de la meseta, donde soplaba un aire frío y puro. Una leve brisa rozaba las mejillas de Fan. A unos quince metros de distancia había unas ruinas de una antigua aldea que, en una época, había estado compuesta por dos filas de casas que se daban la espalda, pero ahora no era más que unos cuantos huecos no muy hondos y unos montículos de tierra, con fragmentos dispersos de cerámica negra decorada en rojo.

Sobre ellos y a todo el rededor podían ver el inmenso cielo. Estaban de pie en una isla donde lo único cercano eran las nubes; nada se movía a su alrededor. Era un momento de prístina quietud.

Estaban de pie, muy cerca uno a otro, simplemente experimentando la tranquilidad, sin pensar en ningún otro momento distinto a este. El ruido de unas piedras rompió la calma, y los devolvió de inmediato, con un sobresalto, a la inmediatez del peligro.

—Yo los detendré, Fan. Tú vigila los alrededores... a ver qué otra cosa hay.

Volvió al borde de la grieta, arrastrándose durante el último trecho, y lanzó una pesada roca por el hueco. Oyó un grito, el ruido de varias personas en movimiento y de rocas que caían y la voz de alguien que maldecía.

Eso los retendría por un rato. Nadie en su sano juicio intentaría subir por ese camino sabiendo que alguien arriba estaba dispuesto a lanzar rocas.

Se puso de pie y se dirigió a las ruinas. Aquí habían vivido algunas personas en una de las primeras eras de la civilización, personas que intentaban, por primera vez, organizarse para establecer una comunidad, personas que inventaron reglas que les darían libertad, porque la libertad y la civilización sólo pueden existir cuando hay leyes y acuerdos.

El hombre que todos llamaban Ruble Noon se golpeó el dedo del pie contra un montón de tierra seca. Tom Davidge había acumulado un tesoro, y ahora los hombres que querían conseguirlo estaban dispuestos a matar a su hija, a sus amigos, a quien fuera. Tom Davidge había despertado la codicia de los hombres, y aquí, en este territorio del oeste, había hombres involucrados, una vez más, en esa antigua lucha por la libertad y la civilización, algo por lo que siempre se debe luchar. Los débiles, y aquellos no dispuestos a enfrentar a la contienda, pronto se dan por vencidos y renuncian a su libertad a cambio de la protección que les brindan hombres poderosos o ejércitos mercenarios; comienzan como protegidos, pero terminan sometidos.

Ruble Noon estaba adolorido y exhausto. No quería correr más, tampoco quería pelear, pero no veía el fin de esta situación. Miró hacia el otro lado de la meseta, donde estaba Fan, que había llegado hasta el borde y buscaba un sitio por donde bajar. Su falda ondeaba al viento. Se quedó mirándola mientras ella caminaba por el borde, deteniéndose ocasionalmente a mirar hacia abajo. Volvió a la grieta y lanzó algunas piedras pequeñas por el borde, como simple advertencia.

Ruble Noon se preguntaba dónde se encontraban exactamente. Habían entrado a la caverna y se habían alejado de la cabaña en la montaña, y habían recorrido un trecho de, aparentemente, un poco menos de un kilómetro o algo así, y ahora habían salido a la parte alta de una extensa meseta. Desde este punto elevado, ninguna de las montañas circundantes le parecía familiar. Era evidente que las estaba viendo desde otro ángulo, y su aspecto cambiante lo tenía desorientado.

Ya estaba oscuro en el cañón. Cuando miró hacia abajo por la grieta, no pudo ver nada. Escuchó con atención, pero no oyó voces. Sin duda habían desistido, por el momento, de intentar subir, o habían decidido buscar otra forma de llegar. Ben Janish había cabalgado por todo este territorio y podía conocerlo mucho mejor que lo que Ruble Noon podía recordar.

Para que le trajera suerte, echó a rodar una piedra de buen tamaño por la grieta. Esto causó el desprendimiento de otras rocas que rodaron también y, por un momento, pudo oírlas golpear y retumbar al caer.

Cuando cesó el ruido, la tarde quedó vacía.

Tomó su rifle y su morral y caminó detrás de Fan. Iba despacio, poniendo un pie delante del otro, con esfuerzo. Estaba extremadamente cansado, le dolía la cabeza y lo único que deseaba era dormir.

Mientras atravesaba la meseta, vio en varias ocasiones trozos de cerámica, por lo general del mismo tipo de los que había encontrado en las ruinas.

Fan lo había visto venir y se detuvo al lado de unos arbustos bajos.

—Pronto será de noche —dijo—. No he encontrado ningún sendero, ni hay huellas de animales. ¿Crees que esa haya sido la única vía para llegar hasta aquí, y que ahora ellos la hayan cerrado?

Él lo negó moviendo la cabeza.

—Tiene que haber otra ruta. He visto algunas mesetas con laderas muy empinadas, pero nunca una que no se pudiera escalar, ya fuera para subir o bajar.

Había salido ya la primera estrella, porque, en esta parte del desierto, el atardecer es corto. El aire era frío. Vio una hilera de árboles y se dirigió hacia allá.

Repentinamente, la meseta se abrió ante ellos en forma de V, los flancos de la cual estaban formados por rocas y el espacio entre ellos estaba cubierto de árboles y maleza, en una profunda y empinada pendiente. Vio lo que había estado buscando: un gran grupo de árboles rodeado de restos de árboles caídos, tumbados por el viento, muertos desde hacía tiempo, con sus restos blanquecinos dispersos por el suelo.

Pasaron por encima de los troncos, pisando con cuidado y, al llegar al bosque, él cortó algunas ramas con las que hizo una cama para Fan sobre el suelo, bajo los pinos. El que hubiera pinos significaba que probablemente se encontraban en una ladera que miraba al sur. La mayoría de los árboles que crecían más abajo eran álamos temblones, en grupos tupidos, que prácticamente llenaban toda la abertura en forma de V. El lugar estaba encerrado entre montañas, aislado.

—Dormiremos aquí —le dijo a Fan—. El lecho de ramas secas en el exterior nos advertirá si alguien se acerca.

Con algunas ramas secas, hizo una pequeña hoguera, y prepararon café en un tarro vacío del que habían comido frijoles. Corría un hilo de agua desde una grieta en el muro de roca de la meseta, y con ella apagó el fuego, asegurándose de que todas las brasas quedaran apagadas. Luego puso la lata en una horqueta de un árbol. Otro caminante podría necesitarla.

Hizo su propia cama bien atrás bajo los árboles. Cuando regresó a donde estaba Fan, para hablar con ella, la encontró dormida. La tapó con su saco y volvió a su lecho de ramas. A pesar del frío, pronto se quedó dormido.

Se despertó de pronto, rígido y frío, con la primera luz de la aurora. Los árboles se veían aún oscuros a su alrededor, y Fan estaba dormida. Se levantó, limpió su rifle y el de ella y luego se alejó unos pasos del campamento para escuchar. No había ruido alguno, a excepción del que hacía el viento a lo lejos entre los árboles.

Era evidente que se habían alejado mucho del rancho durante su huida, y ahora debían estar a varios kilómetros de distancia. Más abajo de donde se encontraban, a uno o dos kilómetros, podía ver una pradera donde aparentemente había un corral… tuvo la sensación de que debía saber algo al respecto. Era apenas una idea fugaz, la sombra de un recuerdo que merodeaba por el límite de su conciencia.

Regresó y se sentó. Comprobó que su rifle funcionara y examinó el cañón. Estaba destapado y limpio, a pesar de todos los disparos que había hecho. Examinó su Colt.

Fan se sentó.

—¿Hace rato que me esperas? —preguntó—. Lo siento.

—Bajaremos por esta abertura —le dijo—. Allá abajo hay un corral o algo así.

—¿Qué vas a hacer?

—Voy a pelear. Quieren hacer la guerra, y no podemos alejarlos con el deseo, por lo tanto, les voy a dar la pelea. Me cansé de huir, y ahora los perseguiré.

—Yo voy contigo. Después de todo, es mi guerra la que estás peleando.

Él no se opuso. De todas formas vendría, y no había dónde dejarla.

Se abrieron camino entre los álamos temblones por la empinada pendiente. Ruble Noon se sentía mejor, aunque le dolía el hombro. Se movía con cuidado por temor a que empezara a sangrar de nuevo.

Más allá de los álamos temblones había un terreno cubierto de pinos, algo dispersos, y luego había la pradera, con pasto de más de medio metro de alto. Detrás de este pastizal había un corral y una cabaña de troncos. No salía humo por la chimenea, ni había, hasta donde podían ver, señales de vida.

—Conozco este lugar —dijo—. Estoy seguro de que lo conozco.

Ella lo miró y esperó.

—Más allá, del otro lado de la cabaña, hay un pozo. Y más allá, en la pradera, hay caballos. Probablemente habrá una o dos sillas en la cabaña, y también encontraremos comida.

—¿Has estado aquí antes?

—Estoy seguro. Recuerda que, como Ruble Noon, siempre me estaba escondiendo. Nunca nadie me vio. Eso significa que debo de haber tenido varios lugares para esconderme. Si utilizara las mismas rutas siempre, ya me habrían descubierto, y es posible que este fuera uno de esos lugares...

No recordaba muy bien y debía pensarlo. Debía intentar reconstruir en su mente los planes que hubiera utilizado Ruble Noon, y de esa misma fuente de su memoria, podría tal vez obtener las respuestas correctas.

Su centro de actividad parecía haber estado en estas montañas, y probablemente la cabaña en las montañas, arriba del Rafter D, había sido uno de sus escondites, talvez el principal. El rancho de abajo, donde había vivido el viejo mexicano, habría sido sólo un lugar para encontrar un caballo cuando lo necesitara. Era evidente que este rancho, en el que ahora centraba su atención, se encontraba al otro lado de la montaña, con diferentes vías de acceso y diferentes fuentes de suministros.

Pero ¿había sido realmente uno de sus escondites? O ¿era también simplemente un lugar para obtener un caballo? ¿Era tal vez un lugar con el que no tuviera ninguna relación?

—Muy bien —dijo por fin—. Bajaremos allá.

Sabía que no había ningún lugar seguro. En cualquier momento podía encontrar enemigos y no reconocerlos como tales. Aunque no saliera humo por la chimenea de la casa del rancho, eso no quería decir nada. Manteniéndose a la sombra de los árboles, comenzó a bordear la pradera, mientras Fan lo seguía de cerca.

La cabaña de troncos constaba de dos secciones unidas por un porche cubierto, al estilo tejano. Había corrales con postes para amarrar los caballos y el pozo que aparentemente recordaba. Lo que no recordaba era el viejo sentado en una banca al lado de la puerta, que remendaba una rienda.

El hombre levantó la vista, sin sorprenderse.

—Hola —dijo—. Lo estaba esperando. ¿Quiere que enlace uno o dos caballos?

—¿Me estaba esperando?

—Bien, vino una joven. Preguntaba por un hombre que, según su descripción, se asemeja a usted. Una chica realmente bonita, así es.

*¡Peg Cullane!*

—¿Vino sola?

El viejo rió.

—Usted sabe muy bien que una mujer tan hermosa como ella jamás cabalgaría sola. No mientras haya un hombre alentado en el territorio. Venía acompañada de dos caballeros. Aunque yo no diría que fueran caballeros. Si he visto un par de tipos que anden por el camino torcido, eso eran. Los hubiera podido identificar como tales a dos kilómetros de distancia, y los tuve realmente cerca.

—¿Lo conocían?

El viejo protestó.

—Nadie me conoce jamás, no más que usted. Pero esos dos... Finn Cagle y German Bayles, son dos tipos realmente malos. Fingí que no sabía nada de nada.

—"Señorita —le dije—, el otro lado de la montaña queda a leguas de distancia de aquí. Nunca he estado al otro lado, nunca se me ha ocurrido ir y nadie nunca viene acá. No hay sendero. —Le señalé a lo lejos—. ¿Puede imaginar que a alguien se le ocurra cruzar por *ahí*?" Entonces, todos miraron hacia donde yo había señalado y, moviendo sus cabezas en señal de negación, se marcharon en sus caballos.

—¿Cuánto tiempo hace de eso?

—Hace dos días. Ella lo describió a usted muy bien. Demasiado bien.

Era un hombre enjuto, arrugado, con un rostro que parecía ser lo suficientemente viejo como para haber desgastado dos cuerpos. Sólo sus manos se veían jóvenes mientras trenzaban el cuero. Sus dedos eran ágiles y diestros y no sufrían de reumatismo. No llevaba pistola, al menos no a la vista, pero los zamarros que tenía se abultaban un poco en la cintura y dentro, justo al lado de la puerta, tenía una escopeta.

—Les enlazaré un par de caballos. —Vaciló un momento mientras desenredaba el lazo—. No pretendo entrometerme, señor, pero si yo fuera usted, cabalgaría con mucha precaución. Pienso que esos tipos no se limitaron a irse. Imagino que dejaron a alguien atrás, a alguien con un muy buen rifle.

—Gracias.

Ruble Noon miró cuidadosamente por los alrededores. Había una docena de lugares en donde podía esperarlo una emboscada.

Observó al viejo mientras cabalgaba detrás de los caballos. Tal vez fuera viejo, pero no era ni mucho menos débil. Sabía usar el lazo con destreza y aplomo. Enlazó un caballo y luego el otro.

Después de beber bastante agua fresca y de comer lo que el viejo les sirvió, salieron de nuevo al aire fresco y Ruble Noon observó las montañas, buscando algún destello de luz en el cañón de un rifle, alguna indicación de una emboscada.

—Preguntaron mucho por otros lugares en los alrededores —dijo el viejo—. No les dije nada, pero imagino que preguntaban por alguna razón. Creo que la joven sabía lo que estaba buscando.

—¿Sí?

—Preguntaron especialmente por casas en los acantilados y cosas así. Bien, eso es fácil. Todo este territorio fue habitado por indios que vivían en los acantilados. La meseta que queda hacia el sur está dividida por cañones profundos, y en la mayoría hay casas en los acantilados. Eso les dije, pero no dije nada acerca de la casa en el árbol.

¿La casa en el árbol? Ruble Noon sintió un pequeño estremecimiento de emoción; algo hizo sonar una campana en su mente, pero esperó. Estaba recordando más detalles; aparentemente, su cerebro comenzaba a aclararse, la niebla empezaba a disiparse. Pero ¿la casa en el árbol? ¿Dónde estaba? ¿Qué pasaba con ella?

—Usted conoce desde hace tiempo la casa en el árbol, ¿no es cierto? —dijo.

El viejo se encogió de hombros.

—Eso creo. Yo la encontré y se la mostré a Tom Davidge. Estábamos cazando alces, él y yo; y el viejo Tom, le disparó a uno y yo fui tras él en un intento por dispararle de nuevo. Pasé por ese árbol, noté algo raro en él y, más tarde, volví a darle un segundo vistazo.

"Era grande y viejo, un sicómoro, de los que no hay muchos por aquí. Con grandes ramas, dobladas y retorcidas por haber crecido contra la cara plana del acantilado. El sicómoro era fuerte y robusto, pero lo que me llamó la atención fueron algunos lugares muy pulidos en las ramas, arriba, cerca de la roca. Parecía que alguien había estado subiendo por allí... de manera que yo también subí.

"Así fue como encontré la casa del acantilado —continuó—. ¿Vieja? Diría que era tan vieja como cualquier otra casa de estos alrededores, pero esta había sido reparada, y de eso hacía ya mucho tiempo. Allá arriba en esa casa encontré una antigua daga española, un hacha, como las que utilizaban los españoles cuando llegaron por primera vez a Nuevo México. Imagino que alguien encontró este lugar, tal vez alguien que vino con Rivera cuando llegó aquí hace años, en el siglo XVIII.

"Más tarde, alguien necesitó un escondite. Tal vez había matado a alguien en los asentamientos españoles, tal vez sólo quería escapar. De cualquier forma, volvió aquí, arregló el lugar y vivió allí tal vez durante años. Imagino que, por último, debe haberse roto una pierna, o tal vez debe haber tenido un encuentro con un oso pardo, o con algunos indios utes. Muchas cosas pueden ocurrirle a un hombre solo.

—¿Y Tom Davidge iba allí con frecuencia? —preguntó Noon. Luego, viendo que el viejo miraba a Fan, agregó—: Ella es Fan, la hija del señor Davidge.

—Eso pensé. El hecho es que, Davidge fue a esa

casa muy pocas veces, hasta que, al final, vino en varias oportunidades. Me dijo que le gustaba quedarse allí.

Ruble Noon entró a la cabaña y se sirvió otra taza de café. Era lógico suponer que la casa en el árbol fuera justo el tipo de lugar que Tom Davidge escogería para esconder lo que fuera que tuviera. Había muchas cosas acerca de Tom Davidge que tal vez se entenderían si se supiera más de su pasado. Su comportamiento y su estilo de vida eran los de un forajido, o los de un hombre que esperaba verse obligado algún día a enfrentar una pelea en un lugar del que no podría escapar. Su mente era sin duda intrincada, pero eso no era sorprendente. Muchos habían venido al oeste a escapar de las consecuencias de alguna conducta ilegal o para encontrar un lugar dónde comenzar una nueva vida. Fuera lo que fuera, todo parecía indicar que, una vez que había llegado a esta región, Tom Davidge había llevado una buena vida y había progresado.

Ruble Noon sabía que él y Fan debían ir a esa casa en el árbol. Era muy probable que fuera el lugar donde Tom Davidge había escondido su dinero, y era posible que Peg Cullane siguiera alguna pista, o que tuviera alguna información confiable. Por sí sola, podría encontrar la casa en el árbol y lo que fuera que estuviera oculto allí.

—¿Sabe? —dijo—, creo que podemos ponerle fin a esto. Iremos a la casa en el árbol.

No sabía dónde estaba esa casa, y dijo al viejo—: Puede venir con nosotros. Iremos todos juntos.

El viejo lo miró sonriendo con desconfianza.

—No puedo ir. Pienso que la joven y el hombre que

la acompañaba van a volver, y si no me encuentran, me buscarán. Quién sabe lo que podrían hacer... o lo que podrían encontrar, si así fuera.

Luego agregó: —Ni siquiera usted, Ruble Noon, querría enredarse con gente como German Bayles y Finn Cagle... no con los dos a la vez, por nada del mundo.

# CAPÍTULO 17

FINN CAGLE Y German Bayles... sabía de ellos. Habían estado implicados en varias guerras de ovejas y ganado, y Bayles había cabalgado por algún tiempo como guardia pistolero para la Wells Fargo. Sus actividades habían oscilado entre la ley y la ilegalidad. Cagle siempre había estado fuera de la ley, y por un tiempo pagó una condena en la prisión territorial de Yuma. Los dos eran profesionales, y contratarlos era costoso. Lo mismo podía decirse de Lyman Manly, quien lo había perseguido más abajo por el Río Grande.

¿Había terminado Peg Cullane con Ben Janish? ¿O serían estos hombres su seguro para lograr un acuerdo equitativo? ¿O el acuerdo que ella deseaba, cualquiera que fuera?

Lo que se le había ocurrido mientras oía hablar al viejo era bastante sencillo. Si podían encontrar el dinero y llevarlo a un banco en Denver, ya no habría razón para pelear.

A menos que obtuviera el dinero de Davidge, Peg no podía darse el lujo de contratar a esos hombres, ni habría tampoco razón alguna para contratarlos. Era posible que Ben Janish simplemente se marchara sin rumbo fijo. De no ser así, tendría que ser ahuyentado; pero lo importante era el dinero. Si quedaba a salvo de sus ávidos dedos, ya no habría problema.

Denver... si Fan y él lograban encontrar el dinero, tendrían que llegar a Denver.

Pero primero había que encontrarlo; y eso significaba ir a la casa en el árbol, pero él no sabía dónde estaba. Además, no se atrevía a preguntarlo directamente. La pregunta podría despertar sospechas en el viejo, e incluso despertarle el deseo de actuar por sí mismo... o de comunicarse con Peg Cullane.

Entró de nuevo a la cabaña y se sirvió otra taza de café... salió al porche y la saboreó despacio... El árbol era un sicómoro, y crecía contra un acantilado. Era muy poco para empezar, pero era algo.

Estudió el área con mucha atención. Habría algún tipo de sendero que llevara a la casa del árbol, pero no sería evidente, porque sólo Tom Davidge había ido allí con frecuencia. Desde donde se encontraba, Ruble Noon no podía ver acantilados, sólo los árboles y las montañas más allá.

—Pensaba —comentó—, que ese soldado español, si eso era —el joven que vivió en la casa del árbol— debió de haber pasado épocas muy difíciles, viviendo solo, en esas condiciones, sin nadie que le ayudara a detectar la presencia de los indios. Y si éstos hubieran decidido acampar en las proximidades, nunca se habría atrevido a salir de allí.

Procuraba encontrar una pista, cualquiera que fuera. Pero el viejo se limitó a encogerse de hombros.

—Siempre que tuviera suficiente comida —dijo—, nadie lo sacaría de allí.

—Me pregunto cómo sería —dijo Noon—. ¿Tendría buena visibilidad? ¿Habría muchos árboles en ese entonces?

El viejo emitió un gruñido.

—No podía ver muy lejos en ningún momento. ¿Ha visto alguna vez árboles como esos? Algunos deben haber estado ahí por años y años. Aunque hubiera podido ver a través del sicómoro, nunca hubiera podido ver más allá de la barrera de pinos. ¡Esos pinos deben tener doscientos o trescientos años!

—Usted mencionó esa mujer que estuvo aquí. ¿Se fue en dirección a la casa del árbol? Es decir, es posible que esté allí ahora, esperándonos.

—No, a menos que haya cabalgado en un círculo. Se alejó por el sendero que está más allá. Si dio la vuelta, tendría que haber salido de nuevo por la parte baja de la pradera —señaló—. Y eso no es muy probable.

—Bien —dijo Ruble Noon—. Podemos cabalgar en esa dirección sin preocuparnos demasiado. Sin embargo —agregó en tono casual—, nos gustaría tener la ventaja de detectarlos primero. ¿Hay alguna forma de llegar a la casa del árbol por otro camino que no sea el usual?

—Podría ser —dijo el viejo—. Tal vez uno podía ir hasta después del granero y luego rodear el corral. Así estaría fuera de vista la mayoría del tiempo. Las últimas veces que estuvo aquí, Tom Davidge tomó esa ruta.

—Gracias. Volveremos, pero si alguien pregunta, usted no ha visto a nadie.

Montaron sus caballos y cabalgaron hasta más allá del granero.

—Estaba tratando de sacarle información —comentó Ruble Noon—. No tenía la menor idea de cómo llegar a ese lugar.

Al pasar el corral, encontraron un estrecho sendero por el lecho de una quebrada que bordeaba la base de un acantilado. Después de aproximadamente un kilómetro, la quebrada cambió de rumbo, corriendo en sentido opuesto al acantilado; pero contra el acantilado había una barrera de pinos, y detrás se alcanzaban a ver las largas y abiertas ramas de un enorme y viejo sicómoro.

Ruble Noon tensó las riendas y escuchó. No había ruido a excepción del viento entre los árboles, el leve murmullo de la quebrada y, desde algún lugar, se oía venir un caballo, a paso lento... un caballo que avanzaba a paso lento, que se detenía, y avanzaba de nuevo.

A la derecha, bajo una pequeña saliente oculta tras los pinos, había un lugar en donde se habían amarrado antes los caballos, a juzgar por el estiércol y las marcas de herraduras. Se había fijado una estaca a la pared de la roca a modo de barra para amarrar los animales.

Ruble Noon bajó del caballo, avanzó unos pasos y se recostó contra un árbol, mirando hacia la dirección de donde venía el caballo.

Fan Davidge bajó rápidamente del caballo y fue hacia el sicómoro, que ofrecía un escondite suficientemente grande para dos personas.

De pronto apareció el jinete. ¡Era Miguel Lebo!

Ruble Noon salió de detrás del árbol.

—¡Miguel! ¿Qué ha pasado?

—Vienen en camino, amigo. Todos. Salieron a caballo repentinamente esta mañana después de pasar mucho tiempo estudiando una carta... un mapa, ya sabe. Yo lo vi después de que se fueron, y era un mapa del rancho del señor Davidge. Señalaba este lugar, y oí que uno de ellos decía: "Ahí debe ser a donde van". Otro dijo: "Entonces ahí es donde está". Luego todos montaron sus caballos y se fueron.

"Henneker, él conoce este lugar, y me dijo cómo llegar aquí rápido por el viejo sendero de los bandidos, y por ahí vine. Están a punto de alcanzarme.

Ruble Noon se volteó rápidamente.

—Fan... entra a la casa del árbol y requísala. Fíjate si hay alguna forma de salir de ahí. Lebo, escóndete tras las rocas cerca de la base del árbol. Si sucede lo peor, los enfrentaremos desde allá.

Lebo llevaba dos cananas adicionales, y Ruble Noon buscó en la bolsa de los alimentos para llenar sus bolsillos de cartuchos de repuesto. Luego subió al árbol detrás de Fan y le pasó la bolsa de los alimentos.

El gigantesco sicómoro había crecido junto al muro de roca, y sus gigantescas ramas se habían estrellado contra él, desarrollándose en una especie de entramado natural que servía tanto de escalera para subir hasta la saliente de roca, como de enrejado que no permitía ver la vieja casa del acantilado detrás del árbol.

Dejándose caer de nuevo al piso, se acurrucó al lado de Lebo. El mexicano echó hacia atrás su sombrero y sonrió a Noon.

—¿Ha habido problemas en el rancho? —preguntó Noon.

—Al principio no había nadie allí —dijo Lebo—. Luego llegó un hombre, un hombre joven, rubio. Pensó que la señorita estaba aún allí. Nadie le había dicho que se había ido. Entonces, subió a su caballo y se fue. Creo —añadió— que tuvo algún problema en la montaña.

—¿No viste a Henneker o a Billing?

—Sólo a un cocinero chino que protestaba cada vez que me daba comida, pero que me alimentó muy bien.

—¿Cómo llegaste hasta aquí?

—Conozco este lugar —dijo Lebo—. Una vez, hace mucho tiempo, cuando tendría apenas unos catorce años, vine aquí con mi padre. Estaba buscando oro. Hace mucho tiempo, decía, los españoles vinieron aquí en busca de oro, y parte de ese oro lo escondieron, pero no encontramos nada. Sin embargo, mi padre utilizó este lugar como escondite —señaló hacia la casa del árbol— cuando los indios utes estaban en las proximidades.

Tiró su cigarro al piso y lo trituró con la punta del pie.

—Alguien viene —dijo.

Eran cinco personas, y Peg Cullane era una de ellas. A su lado venía el Juez Niland y Ben Janish. Lyman Manly estaba ahí, así como John Lang.

A pesar de los muchos kilómetros que debía haber cabalgado, Peg Cullane se veía impecable, y tan tranquila como siempre. Se detuvo a poca distancia y miró a Ruble Noon, quien se había puesto de pie.

—Debió haber hecho caso cuando tuvo la oportunidad —le dijo—. Ahora no le queda ninguna.

—Eso es cuestión de opiniones —dijo él con voz calmada.

—Somos cinco —respondió ella.

—Pero usted no es más que una —respondió él con tranquilidad—, y eso requiere de sólo una bala.

—¿Le dispararía a una mujer?

Él sonrió.

—Usted eligió jugar juegos de hombres, y cuando uno hace eso, acepta las penitencias. Sólo veo aquí cuatro hombres y una moza desvergonzada, insensible y fría, capaz de traicionar a su mejor amigo por un dólar.

Ella se enfureció, y cuando empezó a hablar, él la ignoró. Dirigiéndose a los demás, dijo: —Espero que hayan pensado en eso. Lo que sea que puedan obtener de esto, será lo que ella quiera dejarles, y será bien poco. De esto pueden estar seguros: ya lo tiene todo planeado.

Mientras hablaba, pensaba en Cagle y Bayles... ¿dónde *estaban*?

¿Estarían preparándose en este momento en algún lugar para atacarlo? ¿O eran el medio por el que ella se había asegurado de conservar el dinero una vez que lo tuviera? ¿Sabía algo de ellos el Juez Niland? ¿Sabía algo al respecto Janish?

Se le ocurrió otra cosa. ¿Quién había matado a Dean Cullane? ¿Había sido Janish? Eso había creído, pero ahora ya no estaba seguro... ¿Y qué del Juez Niland? Podría haber sido Niland.

Miguel Lebo estaba escondido, y no era probable que supieran de su presencia en esta región, porque todo había ocurrido muy rápido.

Ruble Noon no quería un tiroteo, pero si no había más remedio, estaba listo. Entonces aceptó, pensando con cabeza fría que tendría que matar primero a Janish, aunque los otros fueran igual de peligrosos. Niland, que había demostrado su destreza en el bosque y su habilidad para el rifle, podía no ser tan bueno con una pistola de seis tiros. Era curioso que Ben Janish no le preocupara tanto como Lang, un hombre sereno y callado que aparentaba no tener miedo.

—Denos el dinero —dijo Peg Cullane—, y podrá salir cabalgando de aquí.

Ruble Noon rió. Podía detectar un cambio en él, algo producido por la tensión del momento. Estaba listo, estaba ansioso de que iniciaran el ataque. Quería que ellos comenzaran la fiesta. Quería que hicieran algún movimiento.

Con tranquilidad, dio un paso al frente.

—Bueno, muchachos, para esto vinieron al pueblo. Para esto llevan sus pistolas. Alguien desenfunda, alguien muere... tal vez todos muramos. ¿Quién quiere dar comienzo a la fiesta?

Lyman Manly se hizo a un lado en su caballo, y Ruble Noon se rió de él. —No crea que puede escapar, Manly. Yo podía haber acabado con usted en el Río Grande. Estaba parado justo detrás de usted mientras interrogaba a la señora Lebo. Lo hubiera podido partir en dos, pero no lo hice porque no valía la pena.

Quería intranquilizarlos, hacerlos sentir inseguros, quería preocuparlos, quería obligarlos a disparar demasiado rápido, a estar demasiado dispuestos a...

—¿No han visto a Arch Billing, o a Henneker, muchachos? Ese viejo astuto es más valiente que muchos de ustedes, ¿lo sabían? Podría arrancarles el cuero cabelludo sin pensarlo dos veces... ¿Creen que estamos solos aquí? ¿Sólo ustedes cinco y yo?

—¡Está fanfarroneando! —dijo Niland impaciente. Y enseguida le dijo—: ¡No sea insensato!

Usted es inteligente. No se le ha perdido nada aquí. Puede volver a su propia vida, reanudar sus actividades donde las dejó, y nadie lo sabría. Todo lo que tiene que hacer es decirnos dónde tiene el dinero.

—¿Lo tomarían y se irían corriendo? —Ruble Noon sonrió con ironía. Se sentía bien. Estaba listo para lo que iba a ocurrir y quería que fuera ya. Mientras lo pensaba, sabía que era peligroso. Era inteligente, y esperaba que también era un hombre civilizado.

El problema era que estaba enfrentado a un grupo de gente que no se preocupaba en lo más mínimo por los derechos de los demás. Eran personas que no querían paz, personas que podían beneficiarse de la violencia, y de eso vivían. No era cuestión de qué ocurriría, sino de cuándo iba a ocurrir.

Lo que más les gustaría sería que él se diera la vuelta y se alejara para poderle disparar por la espalda. Pero lo habían acosado, lo habían perseguido, lo habían obligado a llegar hasta aquí, y ahora ya no permitiría que lo siguieran persiguiendo.

De pronto, en voz clara y tranquila, Fan Davidge habló desde arriba, detrás de donde él se encontraba. Debía de estar sobre la saliente del acantilado, apuntándoles por entre las hojas del sicómoro. Ni siquiera la podían ver.

—Ruble, no tienes que dispararle a Peg. Yo lo haré. Si hace el menor intento de tomar una pistola, le dispararé a la cara. A esta distancia, no puedo fallar.

Pudo ver cómo se tensaban las facciones de Peg. Vio el miedo en su cara mientras miraba a la izquierda y a la derecha. Peg quería matar, no que la mataran... o más bien, quería el dinero, y no le importaba quién muriera, mientras no fuera ella. Ahora miraba hacia donde estaba el cañón del rifle que le apuntaba directamente y ni siquiera podía ver a Fan Davidge.

Ruble Noon esbozó una leve sonrisa ante la sorpresa de todos los que tenía delante. ¡Aquí estaba Fan! Y si ella estaba ahí, ¿quién más estaría con ella?

—Yo me ocuparé de Manly, amigo —dijo entonces Lebo—. Quiero ocuparme de él primero.

¡Otro! Y era una voz que nunca antes habían oído. Con un leve acento español... una palabra en español... Los ojos del Juez Niland estaban ahora un poco más abiertos.

—Habrá algunas sillas de montar vacías esta noche —dijo Ruble Noon—. Ya todos tienen un verdugo, a excepción de usted, Ben, por lo que me toca a mí. Y yo le debo una. Esa bala que me disparó me causó algunos dolores de cabeza... Y a propósito, ¿fue usted quien asesinó a Dean Cullane, o fue Niland?

Peg hizo un rápido movimiento involuntario para mirar a Ben Janish, y el rostro del pistolero se puso blanco.

—¡Que lo parta un rayo, Noon! —dijo—. Voy a...

—Cuando quiera —dijo tranquilamente Noon—. Cuando quiera.

—¡*Espere!* —Había verdadero pánico en la voz de Peg Cullane. No tenía la menor duda de que Fan le dispararía, porque si ella estuviera en su lugar, sin duda lo habría hecho, y Peg no quería morir.

—Nos iremos —dijo—. Usted gana este round. Pero no crea que todo ha terminado.

—Váyanse —dijo Ruble Noon—. Pueden irse todos, a excepción de Ben Janish.

—Está bien, Noon —dijo Janish en voz baja—, si eso es lo que quiere.

—Eso es —dijo Noon.

Los otros se disponían a marcharse, despacio, para no provocar a nadie a dispararles. Había hombres ocultos en los arbustos y en los árboles, había hombres en la casa del acantilado, y no tenían ni idea de cuántos podían ser. Pero por muchos que fueran, el único blanco que tenían ante ellos era Noon. Tal vez pudieran matarlo, pero los otros los acribillarían.

—Yo estoy aquí parado en el suelo, Ben —dijo Noon en voz baja—. Es mejor que baje del caballo. No quiero que, cuando lo mate, digan que me aproveché de usted.

Ben Janish lo miró fijamente. Luego, con mucho cuidado, recogió las riendas en su mano izquierda.

*Levantará su pierna hacia un lado, bajará del caballo de un golpe, se acuclillará y me disparará por debajo del vientre de su cabalgadura,* se dijo a sí mismo Ruble Noon.

Janish comenzó a bajar del caballo, cayó al piso y la primera bala de Noon lo hirió en el muslo a nivel de la cadera, obligándolo a dar media vuelta.

El caballo, asustado, dio un salto y se alejó, y Ben Janish maldijo y giró para apuntarle con su pistola.

Ruble Noon lo miró a la cara mientras permanecía de pie, con los pies separados y listo, y cuando el pistolero venía directamente hacia él, con su pistola lista para disparar, Ruble Noon disparó sin demora.

¡Uno! ¡Dos! ...¡Tres!

Ben Janish quedó tendido en el suelo, con su pistola a poca distancia de su mano, muerto.

Mientras los otros atravesaban la pradera y entraban al bosque, Lang se dio vuelta en su silla y levantó una mano.

Después, la pradera quedó vacía. Miguel Lebo salió de detrás del árbol y bajó su rifle.

—Eres rápido, amigo. ¡Muy rápido!

# CAPÍTULO 18

RUBLE NOON SE dio la vuelta rápidamente y se dirigió al sicómoro. Mirando sobre su hombro, dijo: —Lebo, trae los caballos, ¿quieres? Debemos irnos de aquí.

Subió a la casa del árbol. Fan Davidge estaba parada en la mitad de la habitación más amplia, con las manos en las caderas, mirando a su alrededor. Su Winchester estaba sobre la mesa.

—No lo encuentro. Si está aquí, simplemente no lo puedo encontrar —dijo.

Pero tenía que estar allí, de eso estaba seguro. Él permaneció de pie y miró lentamente a todos lados. Medio millón en oro o en billetes, o en títulos valores negociables, era un paquete bastante grande.

El muro exterior de la casa, contra el que había crecido el árbol, estaba a unos diez metros del suelo. En realidad, la casa era una cueva abierta por la acción del viento, como muchas de las que había en Mesa Verde, y lo único que habían hecho los constructores era cerrar la abertura, dejando un espacio para una pequeña puerta.

El techo de la caverna formaba una bóveda, tan lisa como si hubiera sido pulida a mano, y descendía a su izquierda formando un bello arco, bajo el cual estaba la cama. A su derecha salía un pequeño chorro de agua por una grieta y corría por la base del muro por unos metros, antes de caer por entre otra grieta en el piso de la caverna.

Además de la cama, había una mesa, un par de sillas hechas con las ramas de un árbol y un estante asegurado con un par de pernos clavados en la pared. El piso era roca sólida.

La pared posterior era una división de piedra construida por el hombre, con una puerta a la derecha. Podía ver los sitios donde el antiguo trabajo en piedra había sido reparado y suplementado por manos diestras.

—¿Qué hay ahí atrás? —preguntó, señalando a la puerta—. ¿Ya miraste?

—Puedes verlo tú mismo. Hay una chimenea y un hueco en el techo.

Fue hacia la parte posterior y entró en una caverna más pequeña. Había aquí una chimenea con una gran pila de leña al lado. Había varias teteras de hierro, un hacha, unas pinzas para leña y un par de antiguos moldes para fabricar balas, en cada uno se podían hacer doce balas de plomo a la vez.

Contra el muro de roca había un viejo saco de lona. Lo abrió y metió la mano. Estaba lleno de balas hechas en los moldes, el tipo de balas que utilizaban los mosquetes antiguos. No había visto nada similar en años. Según recordaba, se vendían a dieciséis por una libra, pero el único mosquete en la caverna estaba oxidado por falta de uso.

Revisó por todas partes, mirando varias veces al agujero en el techo. Debajo, en el piso, alguien había hecho un par de muescas, evidentemente para sostener las patas de una escalera.

Encontró varios sacos de balas más. El hombre que

se había refugiado en esta cueva se había preparado para resistir el ataque en caso de que, alguna vez, los indios utes lo llegaran a encontrar. Sin duda había preparado también su propia pólvora, y lo más probable era que hubiera utilizado un arco y una flecha para cazar, guardando las balas de plomo para los indios.

¿Dónde podía esconder alguien medio millón de dólares en un lugar como este? Pero ¿sabía que realmente fuera medio millón? Por lo general, estas cifras se exageran... los tesoros escondidos siempre aumentan a medida que se repite la historia. Buscó cuidadosamente, pero no pudo encontrar nada.

La pared divisoria lo intrigaba... era más gruesa de lo que tendría que ser; tenía un grosor de al menos sesenta centímetros. La examinó minuciosamente, en busca de cualquier cosa que indicara un trabajo reciente. De pronto encontró un lugar donde había poco polvo, y no había telarañas como las que normalmente se acumulan en los intersticios de las paredes de piedra. Aflojó una piedra y, después de unos minutos de moverla en uno y otro sentido, vio que se deslizaba y salía fácilmente de su nicho.

Detrás encontró una caja negra de metal. Con Fan muy cerca de él, sacó la caja. La abrió sin dificultad. Había adentro varias escrituras de propiedades, principalmente en el este, y en el fondo, diez rollos —gruesos y apretados— ¡de billetes! Dólares verdes... de alta denominación. No había nada más en el hueco.

—Fan —dijo—, ahí hay una buena cantidad de dinero. Tal vez sea todo.

—Mejor nos vamos —respondió ella—. Sin duda regresarán.

Él metió todos los rollos de billetes y las escrituras en su bolsillo, pero dejó la caja sobre la mesa, donde cualquiera la podía ver.

Salieron, cerraron la puerta y se deslizaron hasta el suelo. Miguel Lebo esperaba con los caballos.

—¿Encontraron algo? —preguntó.

—Sí... aunque no tanto como esperábamos. —Él subió al caballo—. Ahora, si tuviéramos un par de viejos mosquetes, diría que este sería un lugar excelente para sostener una batalla. Hay suficientes municiones allá arriba para un ejército.

—¿Municiones?

—Balas redondas... para mosquetes que se cargan por la boca del cañón.

Lebo se quedó perplejo.

—No recuerdo haber visto municiones. Las recordaría, ¿no es cierto?

Ruble Noon bajó apresuradamente del caballo y corrió hacia el árbol.

—Lebo —dijo—, corre al rancho, consigue un par de caballos de carga y tráelos aquí rápido... con albardas, si las puedes conseguir. ¡Apresúrate!

—¿Qué sucede? —preguntó Fan.

—¡Por todos los demonios, esas balas redondas de mosquete! ¡Son *oro*!

Subió al árbol y, una vez dentro de la casa, cortó una de las balas con su cuchillo.

¡Oro, brillante y puro!

Había ocho talegas, dos de ellas escondidas en un hueco de la pared detrás de la pila de leña. Las bajó con un lazo. Cuando volvió Lebo a toda prisa con los caballos y las albardas, las cargaron con las balas de oro. En minutos estaban en camino.

Lebo se acercó a Noon.

—¿Hacia dónde vamos?

—A Denver. No hay un solo banco a este lado donde ese oro esté seguro.

—Será un largo viaje. Debe haber unos seiscientos kilómetros de aquí a allá. ¿Dónde podemos tomar el ferrocarril? ¿En Durango?

Ruble Noon vaciló.

—Demasiado cerca, creo —dijo—. ¿Qué tal en Alamosa?

Lebo se encogió de hombros.

—Tu apuestas, yo juego la mano.

Ruble Noon miró hacia atrás. El sendero detrás de ellos estaba vacío. Avanzaron de prisa, con los rifles Winchester atravesados contra los arzones delanteros de sus sillas de montar.

———

PEG CULLANE ESTABA fríamente furiosa. Sus hermosas facciones estaban tensas y cabalgaba rígida en su silla. Lyman Manly y John Lang cabalgaban a su lado; ninguno hablaba. Lyman se veía disgustado, pero Lang parecía tranquilo... era un veterano de demasiadas guerras. Se pierde y se gana, pero apostar con un mazo de naipes arreglado es una locura. Desde el principio había tenido sus dudas, pero Peg Cullane había querido participar.

Estaban muy bien cubiertos. Aún no sabía cuántos había habido allí; pero tres o cuatro no era una buena probabilidad cuando uno de ellos era Ruble Noon y por lo menos otros dos estaban escondidos; y tenían rifles.

Cuatro... cinco si Peg Cullane hubiera querido disparar, pero tenía buenas razones para pensar que no era así. No sabía si Henneker y Billing habrían estado allí; tampoco le importaba. Las probabilidades estaban en su contra, y lo que había que hacer era retirarse y alejarse de allí en sus caballos, a la espera de otra oportunidad en donde las probabilidades fueran otras; y esa oportunidad siempre llegaría.

Peg Cullane no estaba acostumbrada a perder, y quería ese dinero. Lang no tenía la menor duda de que ella lo quería todo. De eso había estado seguro desde el principio. También había estado seguro de que las cosas no saldrían así. Al final, todo terminaba siempre en que cada cual buscaba su propio interés.

El Juez Niland rompió el silencio.

—Sugiero que nos detengamos, preparemos café y nos tranquilicemos un poco. Luego analizaremos esto para ver dónde estamos.

Peg comenzó a responder, pero Lang la interrumpió en su tono tranquilo.

—Apoyo la idea. Por un momento, las cosas se pusieron feas allá atrás.

—Mató a Ben —murmuró Lyman—. Lo acribilló.

—Bien —dijo Lang, analizando filosóficamente los hechos—, Ben no debió haber fallado la primera vez. Sin duda alguna, lo habría podido matar.

—Ben era un hombre demasiado seguro de sí mismo —dijo el juez en voz baja—. Si se hubiera tomado unos minutos más de tiempo, nada de esto habría sucedido. Para ahora, ya habríamos repartido el medio millón de dólares y cada cual habría seguido su camino.

—¿Y ahora qué? —preguntó Lyman Manly en voz alta.

—Los perseguiremos. —La voz de Peg era clara y decidida—. Iremos tras ellos. Ya deben haberlo encontrado, dondequiera que estuviera, y deben ir en camino.

—¿No dijo usted que era oro? —preguntó Lang.

—El cuñado de Tom Davidge me dijo que eran lingotes de oro. Había también una parte en efectivo, eso creo.

—¿Y por qué se lo dijo?

—Odiaba a Tom. Estaba bebiendo cuando me lo contó —con detalles, cifras, lugares y fechas—; y verifiqué parte de la información para asegurarme de que la historia fuera cierta. Por alguna razón él lo supo y vino a pedirme que le diera una parte.

—¿Qué le prometió?

Peg Cullane miró con disgusto a Manly.

—¿A él? Le dije que no sabía de qué me hablaba, y lo mandé a freír espárragos.

Bajó del caballo al igual que los demás y se quedó observando mientras Lyman encendía una fogata. Estar apartada del grupo, a cierta distancia, le permitió tomarse un tiempo para pensar. Por primera vez en varias semanas podía analizar el problema con cabeza fría y evaluar su posición.

Desde su regreso, al terminar sus estudios, había vivido en El Paso con una tía soltera. Sus ingresos eran suficientes para permitirles vivir bien, aunque no abundantes, y el futuro que la esperaba era poco menos que agradable. No le gustaba El Paso, y no le gustaba el oeste. Quería regresar al este o a Europa, pero, por lo limitado de su fortuna, nada de eso era posible.

Como persona absolutamente egoísta, no le importaba en absoluto su tía, y la impacientaban las restricciones a las que se veía sometida en la pequeña ciudad donde vivían. Su educación en el este le había permitido ver cómo podían ser las cosas y, de inmediato, había comenzado a hacer planes para escapar. Durante su último viaje al este, el cuñado de Davidge, a quien había conocido en forma casual a través de Fan, le había dado una información que ella pensaba que nadie más sabía, hasta que descubrió que el Juez Niland también estaba enterado.

Donde hay dinero, habrá manos ávidas de tomarlo, y le enfurecía pensar que hubiera medio millón de dólares en algún lugar que nadie conocía.

Además, creía que no había ninguna razón por la cual Fan debiera enterarse de la existencia del dinero. Al mismo tiempo, era casi imposible buscar escondites en el rancho mientras Ben Janish y sus bandidos estuvieran allí.

La información que había recibido, en parte a través de Dean y en parte del juez, la había sorprendido. Un hombre había sido contratado para matar a varios de los forajidos, y ese hombre debía entregarle el dinero a Fan. Cuando llegó Ruble Noon a este territorio, cuatro personas del lugar sabían acerca del dinero: el Juez Niland, Dean Cullane, Ben Janish y ella.

Se lo habían dicho a Ben Janish cuando fue necesario contratarlo para que matara a Ruble Noon. El juez había convencido a Janish de que no debía darle a Noon la oportunidad de un duelo a pistola, sino que debía matarlo de una vez, antes de que se encontrara con Fan Davidge para contarle acerca del dinero.

El intento había fracasado, y, de alguna forma, Dean Cullane había resultado muerto esa noche. Eso dejaba tres personas que sabían acerca del dinero. Ahora, Ruble Noon había matado a Ben Janish, lo que la dejaba con sólo dos personas de su lado.

No miró al juez, pero pensaba en él. Toda su vida había planeado y manipulado para obtener lo que deseaba, y no dudaba que tendría éxito también en este empeño.

Ruble Noon representaba su principal problema, pero estaba segura de que lo matarían. Finn Cagle y German Bayles, a quienes ella, personalmente, había contratado, se encargarían de eso. También estarían disponibles para manejar cualquier otra persona que pudiera interponerse entre ella y el dinero.

Pero ahora Ruble Noon había matado a Janish y había escapado con el dinero, por lo tanto, no cabía duda de que también Fan debía estar ya enterada.

—Denver —dijo de pronto el juez con firmeza—. Intentará depositar el dinero en el banco allá. No creo que confíe en ningún otro banco entre aquí y allá, porque sabe que podríamos atracar cualquiera de esos bancos para obtenerlo. Tiene que ir a Denver... y no podemos permitir que llegue allá.

—Intentará tomar el tren —dijo Lang—. Tiene más probabilidades de lograrlo por tren.

—Y llegaremos antes que él —dijo Niland—. Iremos a caballo directamente por el camino a Durango. Él se mantendrá lejos del camino por temor a una emboscada; por lo tanto, se demorará más tiempo.

—¿Dónde queda Durango? —preguntó Lyman—. Soy nuevo en este territorio.

—Al este de aquí. La Ciudad de las Ánimas era el pueblo principal, pero cuando llegó el ferrocarril, construyeron su propio pueblo al borde de la carrilera. Ese es Durango. Es un pueblo que tiene apenas unos pocos meses de vida.

—Tengo un amigo por los lados del ferrocarril —dijo Lang—. Podemos cabalgar a toda velocidad y cambiar los caballos en su propiedad.

Peg Cullane no hizo ningún comentario, pero pensaba para sí. *¡Tontos!* ¿Creen que alguien como Ruble Noon va a arriesgarse a dejarse ver en la plataforma de la estación de Durango? ¿En un pueblo tan pequeño que nadie se puede esconder?

El Juez Niland le trajo una taza de café y ella se lo agradeció. Se quitó un mechón de pelo de la cara, empujándolo hacia atrás.

—Me temo que yo no estoy hecha para este tipo de cosas —dijo—. Prefiero los pueblos y las ciudades.

Él sonrió.

—¿Por qué no vienes hasta Durango con nosotros? Todo terminará allá y, si queda algo más por hacer, puedes esperar ahí. Yo me encargaré de proteger tus intereses.

*Eso dices,* pensó, pero sonrió.

—Gracias, Juez. Creo que eso es precisamente lo que haré.

Terminaron el café, apagaron el fuego, montaron en sus caballos y salieron camino a Durango.

El hombre que se encontraba de pie entre los álamos temblones, a diez metros de distancia del camino, soltó el morro del caballo que había estado sosteniendo y estiró las piernas para desentumirlas después de haber permanecido mucho tiempo en una misma posición.

J. B. Rimes se los había encontrado de casualidad y, aunque era amigo de John Lang y conocido del Juez Niland, no pensó que fuera prudente revelar su presencia.

Habían estado fuera del rancho por muchas horas y nada sabían de la redada en la que habían atrapado a los últimos forajidos, un grupo de hombres sin importancia, que no tenían nada que ver. Arch Billing, Henneker y algunos nuevos trabajadores tenían ahora el control, y él mismo había estado investigando el paradero de Janish y los otros.

Había encontrado el cuerpo de Dave Cherry por indicaciones que había recibido de Kissling, antes de que este se fuera. Esa era su primera pista.

Hacía una hora, escuchó disparos, pero para cuando bajó de la montaña, sólo encontró el cuerpo de Ben Janish.

—Dos muertos —dijo en voz alta.

Desde hacía varios días Rimes no se estaba quedando en el rancho, sino en las montañas, para no correr el riesgo de quedar atrapado en una batalla contra Ruble Noon. Tenía su propio trabajo que hacer, y no tenía nada en común con lo que hacía Ben Janish.

Ahora montó su caballo y se dirigió al este, manteniéndose en el sendero que corría lateral al camino principal. Mientras cabalgaba, pensaba en lo que acababa de escuchar.

Iban tras Ruble Noon, y esperaban adelantársele en Durango, pero Peg Cullane los abandonaría, supuestamente para ir al pueblo y refrescarse. Estaba casi seguro de que Peg llegaría al ferrocarril antes que ellos, y que se iría al este, no a Durango... pero ¿hacia Alamosa? ¿hacia La Veta?

Había examinado palmo a palmo el territorio, y ahora había encontrado un viejo sendero indio que lo llevaría a campo traviesa hasta Ignacio, sobre la carrilera, más acá de Durango.

Detectó las primeras huellas en las estribaciones del Monte Bridge Timber. ¿Cinco caballos? Las huellas eran confusas, y podían ser uno más, o uno menos. Después, detectó huellas ocasionalmente y, cerca de la boca del Cañón Sawmill, las volvió a detectar, esta vez más evidentes.

Estaba en lo cierto. Eran tres jinetes y dos caballos de carga. Cuando se detuvieron para beber y descansar, dejaron huellas muy evidentes. Vio las huellas bien definidas de tres jinetes y unas huellas de pisadas pequeñas. Estas serían las huellas de Fan. Había llegado a familiarizarse con las huellas de los mocasines de Noon, pero el tercer jinete lo intrigaba: eran botas de tacón alto con espuelas de ruedas grandes, estilo californiano. En cualquier lugar en donde este hombre se sentara sobre los talones, dejaba las marcas de las espuelas en el suelo.

J. B. Rimes quedó satisfecho. Los alcanzaría antes de que llegaran al ferrocarril.

# CAPÍTULO 19

VARIAS HORAS ANTES de que Rimes encontrara sus huellas en el Monte Bridge Timber, ellos habían levantado el campamento para continuar su camino. Rimes, en su prisa por seguir sus huellas, nunca vio ese campamento.

En las últimas horas de luz, Ruble Noon había abandonado el sendero para internarse en un bosque de pinos, donde encontró un pequeño claro en el que la nieve derretida ofrecía agua, y ahí instaló rápidamente un campamento. Estaban a unos dos mil cuatrocientos metros de altura, y el aire era frío.

Noon trabajaba con rapidez y experiencia. Mientras Lebo encendía una pequeña fogata, él cortó dos horquetas, las clavó en el suelo y puso sobre ellas un tronco. Con otras ramas cortadas, construyó un soporte inclinado contra ese tronco y lo cubrió con ramas de árboles de hoja perenne, empezando desde abajo y enredando cada rama por entre un entramado que había construido. En muy poco tiempo había fabricado un buen refugio para protegerse contra el viento o la lluvia.

—¿Cuánto falta para llegar al ferrocarril? —preguntó Fan.

—No estamos lejos. Tomaremos el tren en Ignacio.

—¿Te refieres al puesto de provisiones de la reservación india?

—Cerca de ahí. Las estaciones del tren de Denver y Río Grande quedan a poca distancia. Lo que he pensado que harán es que irán a buscarnos en Durango, y perderían su tiempo. Es posible que tomen el tren, pero les daría miedo que si no nos encontraran en él, que hubiéramos podido tomar el siguiente tren o alguna otra ruta. Tienen que cubrir todas las probabilidades.

Le dolía el hombro. Se lo había tratado en la mejor forma posible, pero le preocupaba. Necesitaba atención médica, pero no había probabilidades de encontrarla a este lado de Denver, a menos que encontraran en el tren alguien que pudiera atenderlo.

Bajaron de la montaña temprano en la mañana y pronto llegaron al Río de las Ánimas, poco después del amanecer. Cruzaron el río por un sitio donde el agua les daba a los estribos, y en un poco más de una hora cruzaron por el Río de la Florida, cerca de la boca de Cottonwood Gulch.

El sendero de los indios utes atravesaba la planicie frente a ellos, y al sur tenían el bajo muro de las Montañas Mesa. Ruble Noon siguió rumbo al este, a buen paso y manteniendo el Pico Piedra frente a su hombro derecho.

—¿Cuánto falta? —preguntó de nuevo Fan.

—Quince kilómetros… tal vez menos. Con suerte, no tendremos que esperar mucho.

—Tengo miedo. Estamos cerca del final.

—Olvídalo… olvida el miedo, quiero decir. Lo lograremos.

Lebo habló: —Se ve polvo, atrás a la distancia.

—Probablemente los indios utes.

—Viene sólo un jinete —dijo Lebo—, y viene muy rápido.

Descendieron hacia una hondonada, subieron la loma que estaba más allá y miraron hacia atrás. Se veía polvo en el aire, pero estaba a mucha distancia detrás de ellos.

Podían ver la línea verde de árboles a lo largo del Río Los Pinos. El ferrocarril estaba justo a este lado, bordeando el río hacia el sur.

Ruble Noon sacó su Winchester del estuche que colgaba de la silla y miró hacia atrás de nuevo. El jinete se les estaba acercando.

—¿Qué hay en la estación? —preguntó Fan.

—Muy poco. La Agencia Ute queda unos tres y medio kilómetros al norte. Creo que hay un tanque de agua y un furgón que hace las veces de estación.

—Espero que haya sombra.

—La hay.

Ella permaneció en silencio por un rato y luego dijo: —Estoy segura que he pasado por aquí en tren varias veces, pero no recuerdo nada.

—No hay ninguna razón para que lo recuerdes. Es un lugar fácil de olvidar. Lo que es hermoso es el paisaje alrededor.

Noon tenía la boca seca y sentía el estómago vacío. Miró hacia atrás hacia el jinete desconocido, que estaba aún muy lejos como para poderlo ver. Al frente podía vislumbrar la silueta de un tanque de agua y una edificación de un solo piso que era más que un furgón. Los árboles que bordeaban el río eran verdes. Le vendría bien un poco de agua.

Redujo el paso a propósito, para no atraer la atención y con la esperanza de poder ver quién estaba en la estación desde antes de llegar. Pronto pasaría un tren.

La plataforma estaba vacía. La pequeña edificación de dos habitaciones que hacía las veces de estación también estaba vacía. Se acercaron, la pasaron y se detuvieron bajo los álamos de hojas verdes que se movían y sonaban con la brisa. Permaneció sentado en su silla por un momento, escuchando. Luego bajó del caballo.

—¿Jonás?

Se dio la vuelta rápidamente, sorprendido de que lo llamara por ese nombre. La que había hablado era Fan.

—Te dije que te iba a llamar así. Ese es tu nombre, ¿no es verdad?

—Sí.

En ese momento supo a ciencia cierta que así se llamaba. Por primera vez se sintió a gusto con ese nombre. No era un nombre que simplemente hubiera elegido, sino el nombre que le pertenecía, su nombre.

—Jonás, ¿no hay alguna forma de irnos sin tener problemas?

—Ese es el plan. Si el tren llega antes que ellos, y si ellos no están en el tren, podremos hacerlo. Pero recuerda, Fan, van a tratar de quitarte el oro.

—Que se queden con él.

—No lo puedo permitir. No con la conciencia tranquila, no puedo. Recibí dinero de tu padre para matar a cuatro hombres, pero si puedo salvar lo que es tuyo sin tener que matarlos, habré hecho lo que se me pidió que hiciera.

—Y este no sería un final, Fan. No puedes rendirte al mal sin que el mal se propague. Cada vez que los buenos son vencidos, o cada vez que se rinden, sólo hacen que las fuerzas del mal se fortalezcan. La codicia engendra codicia, y el crimen se propaga con éxito. Si renunciamos a lo que nos pertenece, sólo por evitar problemas, lo único que haríamos sería dejar mayores problemas para otros.

—Si podemos subir al tren e irnos antes de que lleguen, habremos ganado; pero si llegan al tiempo con el tren o antes, tendremos que pelear.

Se detuvo, y ella permaneció en silencio.

El día estaba caliente y quieto. Se cernían nubarrones negros sobre las montañas, y alumbraban los relámpagos y los rayos zigzagueantes. A diferencia del aire de las montañas, este era pesado. Antiguamente, en la costa del Pacífico, habrían dicho que era un clima que presagiaba temblor. Bajó la mano y tocó la culata de su pistola. La sintió curiosamente fría y confortante, y supo que pronto tendría que usarla.

La necesitaría, porque no había forma de ceder ante ninguno de ellos. Los débiles e inseguros habían muerto o ya no existían; Kissling ya no estaba, y otros habían muerto también. El rudo Dave Cherry había muerto. Y Ben Janish —el mejor tirador con una pistola, el más temido— ya no estaba.

Aún quedaban muchos, pero cualquiera podría morir, y eso lo incluía a él. Era buen tirador, lo sabía en lo más profundo de su ser. Era decidido, rápido, seguro. Ante todo, en el momento de la verdad, en el momento de desenfundar y vivir, o desenfundar y morir, era tranquilo... o al menos siempre lo había sido.

¿Lo sería ahora? Ahí estaba el problema. Nunca se sabía. Había visto a hombres fuertes, peligrosos, que, de un momento a otro, perdían la confianza en sí mismos, ya fuera frente a una pistola o durante una pelea, como le ocurrió a Billy Brooks contra Kirk Jordan en Dodge. Brooks había demostrado su valor en repetidas ocasiones, y cuando el problema con Jordan era ya cosa del pasado, lo tuvo que demostrar una y otra vez..., pero contra Jordan y su gran pistola calibre .50 de cazar búfalos, se acobardó.

Lebo habló: —Viene un jinete —dijo—. Viene por el viejo sendero de los utes.

Lo podían ver. Venía rápido, a todo galope... y en un momento supieron por qué. Sonó el silbato del tren. Venía lejos, pero venía.

Ruble Noon se humedeció los labios con la lengua.

—Desensillen los caballos —dijo—. Volverán al lugar de donde vinieron.

El mexicano lo miró.

—¿Vas a ir allá, amigo? ¿A campo abierto?

—Sí.

Lebo se encogió de hombros en un ademán elocuente.

Ahora podían oír el galope del caballo, y sonó de nuevo el silbato del tren. Ruble Noon abrió la cartuchera y movió la pistola para asegurarse de poderla sacar con rapidez.

Retumbaban los truenos... se aproximaba la tormenta.

Se dirigieron a la estación, llevando los dos caballos de carga. Fan caminaba cerca de los caballos, todavía sosteniendo su rifle. Se levantaban pequeñas nubes de polvo mientras cruzaban el camino. En la plataforma, sus pisadas sonaban fuerte... un relámpago brillante iluminó una nube con un resplandor blanquecino, y retumbó un trueno. Comenzaron a caer algunas gotas dispersas.

Ruble Noon retiró los sacos de las bestias de carga y los puso sobre la plataforma.

De pronto los vio ahí, al final de la plataforma, y no tenía idea de dónde habían salido.

Ahí estaban Lang, Manly y otro hombre… un mexicano, alto y delgado, con un sombrero ancho, un cinturón con dos cartucheras y un delgado bigote negro.

¡Cristóbal!

Ruble Noon se había comprometido a hacerse cargo de cuatro hombres y una mujer. ¿Una mujer? Nunca había debido aceptar eso.

De pronto lo vio todo claro en su mente. No se había comprometido a matar a ninguno. Había hecho un acuerdo para librar al rancho de los forajidos por sus propios medios, y le habían advertido que *se cuidara* de cuatro hombres y una mujer. Que tuviera cuidado, sólo eso. Y la mujer sería Peg Cullane.

Entonces, Tom Davidge también sabía algo acerca de ella. Ahora, tal vez nunca supieran lo que sabía, pero Tom Davidge sí sabía muy bien quiénes eran, y quiénes podrían ser, sus enemigos.

Ahora bien, Cristóbal… un peligroso pistolero si alguna vez lo hubo. Y ahí estaba, con Manly y con Lang… ¿No sería nunca nada fácil?

—Lo puede dejar ahí mismo o, de lo contrario, puede morir —dijo Manly—. Tiene suerte; tiene una alternativa.

—Ya no hay oro —mintió Ruble Noon—. Todo lo que tenemos aquí son algunas municiones de plomo. Enviamos el oro a otro lugar, y usamos esto para

234 / Louis L'Amour

mantenerlos alejados de la verdadera consignación, que ya estará a mitad de camino a Denver.

—Ni piense que nos dejaremos engañar de esa forma —dijo Manly—, de modo que ni lo intente.

Fan Davidge tenía en su bolsillo una de las balas de oro pintadas de negro y la sacó y la levantó para que la vieran.

—¿Ven?

No querían creerlo, no podían creerlo, pero les preocupaba.

El silbato del tren sonó de nuevo, y retumbó el ruido sordo de un trueno. Grandes gotas de lluvia comenzaron a salpicar la plataforma.

Lebo soltó los caballos de carga, y los animales se alejaron para unirse a los otros que pastaban bajo los árboles.

Ruble Noon sabía reconocer los momentos correctos. Lo sentía en lo más profundo de su ser, y dio un paso al lado para que los disparos no pasaran cerca de donde se encontraba Fan.

—Viene el tren —dijo en voz baja y calmada—, y cuando ese tren llegue, vamos a cargar en él los sacos. Tal vez estemos mintiendo sobre lo que contienen, tal vez no; pero si quieren morir para saberlo, pueden intentarlo... cuando quieran.

—El gran Ruble Noon —dijo Cristóbal, con una expresión de desprecio en sus ojos negros—. No creo que sea tan grande. Siempre dispara sin que se sepa de dónde... ¿Podrá disparar desde algún lugar a unos hombres armados con pistolas?

Había llegado el momento, y no había tiempo que perder con palabras. Cuando una pelea es inevitable, es una locura desperdiciar el tiempo hablando.

—¿Ahora? —dijo lentamente, y desenfundó.

Los tres hombres se movieron como uno sólo, pero Ruble Noon disparó primero a Lang. Lang, el hombre frío, tranquilo, el hombre que no hablaba… era a él al que quería ver eliminado, y Lang lo sabía y sonreía. Vio la pistola de Lang que subía, subía demasiado alto… estaba siendo demasiado cuidadoso.

El ruido del disparo de su propia pistola se perdió entre el retumbar de un trueno. Avanzaba paso a paso, con cautela, disparando con precisión, pero con rapidez.

Lang, otra vez Lang, luego Cristóbal. También cayó Manly… a él le debió de haber disparado Lebo.

Desde atrás, alguien disparaba con un rifle, y eso le preocupaba, pero no volteó a mirar.

Dos para Lang… otro para Cristóbal y un tercero para Lang, cuando el hombre comenzó a incorporarse, con el rostro y la camisa ensangrentados.

Lang cayó, aunque por un momento intentó levantarse de nuevo. Cristóbal aún estaba de pie, con sus hermosos dientes blancos brillando en una sonrisa… tranquilo, retador… y muerto. Venía cayendo de cara, mientras su mano soltaba la pistola.

El rifle detrás de ellos disparó una vez más, y luego llegó el tren rodando a toda velocidad sobre los rieles. La balacera había terminado, y la lluvia se había convertido en un torrente.

Los cuerpos quedaron tendidos sobre la plataforma como sacos viejos. Lebo estaba en el suelo, y Ruble Noon sacaba los cartuchos vacíos de su pistola y la recargaba. Había dejado de disparar cuando Lang cayó, y estaba ahí, parado bajo la lluvia, con la mirada fija en Lang para detectar señales de vida.

Todos los pasajeros del tren miraban por las ventanillas. Fan estaba agachada sobre Miguel Lebo, y junto a ella había otro hombre con un rifle en la mano. Estaba apuntando hacia una ventana en la estación.

Había un rifle en la plataforma, debajo de la ventana, y colgando sobre los vidrios rotos estaba el Juez Niland, tan muerto como alguien puede estarlo.

El hombre que apuntaba hacia el juez era J. B. Rimes.

—Señor Mandrin —decía—, trabajo con Pinkerton.

—¿No es un bandido? —preguntó Ruble Noon en tono amable.

—En un tiempo… lo fui. Me contrataron para acabar con unos atracadores de trenes. Lo buscamos a usted, hasta que retiraron la recompensa, pero imaginé quién era cuando dijo que su nombre era Jonás.

Seguía lloviendo.

Fan lo tiró de la manga.

—¡Jonás… el tren!

Levantó un par de sacos. Rimes hizo lo mismo, y el mensajero del servicio expreso tomó los otros.

Cuando llegaron al vagón expreso y cargaron el oro, volteó a mirar a Lebo. El mexicano estaba de pie y venía hacia ellos cojeando, con la camisa ensangrentada.

—¿Estás malherido? —preguntó Noon.

Lebo lo negó con la cabeza.

—No… creo que no.

—Ven. Estarás mejor en el tren que aquí. Vamos.

Era un tren de tres vagones: sólo el vagón expreso y dos vagones de pasajeros. En el primero había cuatro pasajeros: dos hombres que viajaban juntos, evidentemente del este, y una mujer delgada, de apariencia aristocrática, acompañada por un hombre de contextura gruesa. La mujer tenía un vestido sastre gris, su cabello era gris, y sus ojos de un azul sorprendente.

Uno de los hombres del este sonrió con expresión condescendiente cuando entraron al vagón.

—Una excelente representación —dijo—. ¿Les paga la estación por montar estos pequeños espectáculos?

—En mi opinión fue un poco sobreactuado —comentó el otro hombre—. ¿Sabe?

Ruble Noon y J. B. Rimes ayudaron a Lebo a acomodarse en un asiento. Todos estaban empapados.

—Qué lástima que lloviera —dijo el primero de ellos—. Se aguó la función.

—¿Qué hacen cuando les piden una repetición? —preguntó el otro.

Fan ayudaba a Lebo a quitarse su chaqueta de cuero. Tenía la camisa empapada en sangre.

La mujer de pelo gris se levantó de su silla y dejó a un lado el tejido en el que había estado trabajando.

—¿Tal vez yo podría ayudar? —sugirió—. He tenido alguna experiencia en este tipo de trabajo.

—¿Nos ayudaría, por favor? —preguntó Fan—. Yo... yo he vivido en el este toda la vida y hace poco que llegué aquí. Me temo que yo...

—Consígame un poco de agua, joven —dijo la mujer, mirando a Ruble Noon—. Hay un recipiente en la estufa en la parte de atrás del vagón. Mi esposo estaba calentando agua para afeitarse.

El hombre que venía con ella abrió su maletín de mano. Le entregó una toalla a Ruble.

—Es la única que tengo. Tendremos que compartirla.

Ruble Noon se secó la cara y las manos, luego se quitó el saco mojado. Examinó su pistola mientras la secaba cuidadosamente con su pañuelo.

Incrédulos, los dos hombres del este observaban la escena en silencio. Mientras miraban, la mujer mayor lavó y limpió la herida de bala. Lebo había recibido un disparo en el costado, la bala le había perforado la piel cerca de las costillas del lado izquierdo perforando el músculo. Era una herida sangrienta, pero no peligrosa.

Lebo miró a Ruble Noon.

—Maté a Cristóbal —le dijo.

—¿Lo conocías?

—Era mi cuñado.

—¡Tu cuñado!

Lebo intentó encogerse de hombros e hizo una mueca de dolor.

—Por nada... Se casó con mi hermana y la abandonó. Era un inútil. Hablaba mucho, pero sí sabía disparar... siempre supo.

Ruble Noon se sentó al lado de Rimes. El tren iba en dirección sur. Pronto giraría al este, bordeando, por corto tiempo, la frontera. Recostó su cabeza contra el espaldar del asiento tapizado en moqueta roja y cerró los ojos.

Sólo se oía el ruido del tren, el traquear de los vagones al voltear por una pequeña curva, el ocasional sonido del silbato de la locomotora, el golpetear de sus ejes y el tintinear de las ruedas sobre las juntas de los rieles. Podía oír la conversación de Fan y de la mujer mayor que hablaban en voz baja mientras vendaban la herida de Lebo.

Por primera vez en semanas, podía relajarse. Rimes hablaba con el esposo de la mujer mayor, quien le contaba que era operario de una mina cerca de Central City y que había venido al oeste a echar un vistazo a algunas propiedades.

—...merecía que lo mataran —decía el minero—. Manly estaba involucrado en robos de reclamaciones en Nevada. Vivía buscando problemas.

El tren redujo la velocidad, y Ruble Noon abrió los ojos.

—¿Nos detenemos?

—La Boca —dijo Rimes—. Sólo una estación. Ahora haremos un amplio giro y nos dirigiremos al este.

Noon escuchó cuando alguien cayó sobre la berma del camino desde el último vagón. Escuchó el ruido de las botas que pasaban sobre las cenizas... eran más de una persona.

Lebo estaba recostado, con los ojos cerrados, y la cara muy pálida. Fan estaba sentada frente a él. La mujer mayor había regresado a su puesto, entre Rimes y su esposo.

Se escuchó un leve ruido desde la parte delantera del vagón, tan leve que Ruble Noon dudó si lo había oído o no... parecía más bien el traqueteo del pasador de un freno.

De pronto oyó el ruido de la locomotora que se movía de nuevo, pero el vagón donde estaban ellos no avanzaba.

Se dio la vuelta y salió corriendo por el pasillo. De

tres zancadas llegó al final del vagón, justo a tiempo para ver que el carro expreso y la locomotora se alejaban... iban ya demasiado lejos como para poder saltar.

Saltó a la berma del camino, y la primera persona que vio fue Peg Cullane. Traía un rifle en sus manos, y lo estaba levantando para disparar. La segunda persona que vio fue Finn Cagle.

El pistolero disparó, su bala golpeó contra la parte posterior del vagón, a pocos centímetros de la cabeza de Ruble Noon. Noon dio un paso atrás para protegerse parcialmente del rifle, y luego, mientras Peg disparaba, él avanzó tres cortos y rápidos pasos, se detuvo y disparó desde la altura de la cadera. La bala obligó a girar a Cagle, haciéndolo perder el equilibrio. Arrodillándose en una sola rodilla, Noon apoyó el barril de su revólver en su antebrazo izquierdo y disparó de nuevo; Cagle retrocedió y cayó.

Dos disparos de rifle hicieron volar arena y polvo frente a Noon, y luego alguien disparó desde el tren.

La locomotora y el vagón expreso se habían detenido. Vio que Finn Cagle se incorporaba, y le disparó de nuevo. Alguien disparó desde el vagón que estaba detrás de él, y vio como Peg Cullane dejaba caer su rifle.

Ruble Noon salió corriendo. De pronto oyó que la transmisión hacía girar las ruedas de la locomotora cuando esta volvió a funcionar y saltó a la parte posterior del vagón expreso.

Se agarró de la puerta y la abrió de un tirón. El mensajero del expreso estaba tirado en el piso con el cráneo abierto por un fuerte golpe. El oro aún estaba allí en los sacos sin abrir. Corrió hasta el otro extremo del vagón mientras metía cartuchos en tres cámaras de su pistola, y trepó sobre el depósito de carbón de la locomotora.

Bayles, el que corría junto a Cagle, al oír sonar el carbón, se volteó de pronto levantando su pistola para disparar. El ingeniero se le echó encima, y Bayles cayó del tren, golpeando el borde de la berma y rodando sobre la hierba y las agujas de pino al lado de los rieles.

Se puso de pie, tambaleó, y el tambaleo hizo que Noon fallara su primer disparo. Saltó del tren y los dos hombres quedaron cara a cara.

Bayles estaba muy mal, y un lado de su cara sangraba por el golpe que se había dado al caer, pero seguía empuñando su pistola.

—Ruble Noon, ¿no es cierto? —dijo—. He oído hablar de usted. Ahora somos usted y yo.

—Puede dejarlo así e irse en su caballo —dijo Noon—, y todo terminará aquí.

—Bromea. ¿Cree que voy a dejar que termine así? No le tengo miedo, Ruble Noon. German Bayles también ha matado a unos cuantos.

—A ambos nos iría mejor en algún otro tipo de trabajo —respondió Ruble Noon con voz calmada—. Ya son suficientes los muertos.

—Tarde o temprano todos moriremos. Creo que ahora le toca a usted, Ruble Noon. Pienso que mañana, en las tabernas, todo el mundo hablará de cómo German Bayles lo mató... cara a cara, al lado de los rieles del ferrocarril.

—Las cosas terminaron para Cagle —dijo Noon—. Está muerto, o próximo a morir.

—Y ahora...

Bayles empuñaba su pistola, y Ruble Noon también. Los dos dispararon al mismo tiempo. Noon sintió que la bala lo golpeaba, sintió que su pierna se doblaba, y cayó.

Seguía disparando, pero Bayles se acercaba caminando, sonriendo confiado.

—Mañana en las tabernas, todos dirán —dijo—, todos contarán cómo... —Volvió a disparar mientras hablaba, y el cuerpo de Ruble Noon se sacudió con el impacto del disparo—. ...cómo German Bayles mató a Ruble Noon... al gran Ruble Noon.

Las palabras salían lentamente.

Ruble Noon estaba en el suelo, su cabeza zumbaba y estaba mareado; su cuerpo estaba entumecido. Trató de levantarse mientras German Bayles se acercaba, pero su pierna no le respondía.

Bayles estaba levantando su pistola para el último disparo. El sol ardía sobre su cara, una nube blanca flotaba detrás de la cabeza de Bayles; Noon podía oír el sonido del cascajo y el susurro de la hierba seca mientras Bayles se aproximaba.

Con sorpresa vio que había sangre en la camisa de Bayles... no recordaba haber acertado ningún disparo... y el rostro del alemán comenzaba a mancharse con la sangre que manaba de una herida que tenía en la cabeza. Se acercaba cada vez más, todavía sonriendo. Se detuvo y se paró con las piernas separadas, parecía tambalearse apenas un poco.

Ruble Noon vio el color azul grisáceo de la camisa de Bayles, vio cómo apuntaba con la pistola, y entonces disparó dos veces y escuchó cómo la pistola cayó en una cámara vacía.

Abrió la recámara de su pistola con el pulgar, pero

estaba apoyado en el codo y no pudo utilizar la otra mano, entonces intentó sentarse y no lo logró. Bayles cayó pesadamente a su lado.

Ruble Noon dio un bote sobre el cascajo caliente y sintió el olor polvoriento de las hierbas, activó la barra del mecanismo de eyección y sacó un cartucho vacío, reemplazándolo por uno nuevo.

Dio la vuelta al cilindro y miró hacia Bayles. Este lo miraba fijamente, sonriente.

—Mañana, en las tabernas... todos contarán... —Su voz se hizo inaudible, pero seguía mirando fijamente a Ruble Noon.

—Usted es un buen hombre, Ruble Noon —siguió diciendo—, ...un buen hombre... con una pistola...

Continuaba sonriendo... y murió.

Ruble Noon intentó levantarse. Oyó las pisadas de alguien que corría; sintió cómo unas manos lo agarraron y lo pusieron de nuevo sobre el piso.

—La herida es grave —dijo alguien, una voz tranquila de mujer—. Solía ayudar a mi padre, que era cirujano del ejército. Creo que sabía más de heridas de balas que cualquier hombre que haya vivido.

———

EL VIENTO ROZABA su cara. Sus ojos se abrieron y vio una cortina blanca, una cortina de encaje en una ventana que daba a un área cubierta de césped verde. Todo estaba en calma y tranquilo.

Se llevó la mano a la cara. En ese momento alguien entró por la puerta. Era Fan.

—¿Dónde estamos? —preguntó.

—En Alamosa. Has pasado unos días muy difíciles, Jonás.

—¿Cuánto tiempo he estado aquí?

—Dos semanas. La señora McClain se quedó aquí para ayudarte durante la peor parte. Dijo que el doctor era incompetente. Se fue apenas anoche.

—Quisiera darle las gracias.

—Lo hiciste, varias veces.

Él permaneció en silencio por un rato y luego dijo: —¿Quién le disparó a Peg Cullane? ¿Fuiste tú?

—Rimes. Le disparó a su revólver, y no estaba lejos. Estaba usando un rifle, ya sabes. Ella perdió dos dedos.

—Lo siento.

—Yo no. Estaba buscando problemas.

El viento agitó levemente la cortina. El aire era fresco y agradable. Estaba cansado, pero al mismo tiempo se sentía bien.

—Quiero regresar —dijo.

—¿Al este?

—Quiero regresar al Rafter D. Tiene unas buenas instalaciones… y bien manejado…

Cerró los ojos, y en su mente podía ver la nieve tardía en el reborde cerca de la cabaña en lo alto, y cómo se mecía la hierba con el viento que soplaba en la pradera detrás de la casa del rancho.

—Está bien —respondió ella.

# ACERCA DE LOUIS L'AMOUR

*"Me considero parte de la tradición oral
—como un trovador, como un cuentista del pueblo,
como el hombre en las sombras de la hoguera del
campamento. Así quisiera que me recordaran—
como alguien que sabe contar historias.
Alguien que las sabe contar muy bien".*

ES POCO PROBABLE que cualquier escritor pueda sentirse tan familiarizado con el mundo que recrea sus novelas como Louis Dearborn L'Amour. No sólo podía ponerse en las botas de los rudos personajes sobre los que escribía, sino que, literalmente "pisaba el mismo terreno que pisaban mis personajes". Sus experiencias personales y su pasión de toda la vida por la investigación histórica se combinaron para dar al Sr. L'Amour un conocimiento y una comprensión excepcionales de las personas, los eventos y el reto de la frontera americana que se convirtieron en los distintivos de su popularidad.

De descendencia franco-irlandesa, el Sr. L'Amour podía rastrear sus propios antepasados en Norteamérica hasta comienzos del siglo XVII y hacer el seguimiento de su constante avance hacia el oeste, "siempre en la frontera". Durante su infancia, en Jamestown, Dakota del Norte, absorbió todo lo que pudo sobre la herencia fronteriza de su familia, incluso la historia de su bisabuelo, a quien los guerreros sioux le arrancaron el cuero cabelludo.

Impulsado por su insaciable curiosidad y por el deseo de ampliar sus horizontes, el Sr. L'Amour dejó su casa a los quince años y desempeñó una amplia variedad de trabajos, incluyendo los de marinero, leñador, cuidador de elefantes, desollador de ganado, minero y oficial del cuerpo de transportes durante la Segunda Guerra Mundial. Durante su "época de viajero", también dio la vuelta al mundo en un buque de carga, navegó una embarcación en el Mar Rojo, naufragó en las Indias Occidentales y se perdió en el desierto de Mojave. Ganó cincuenta y una de cincuenta y nueve peleas como boxeador profesional y trabajó como periodista y conferenciante. Era un lector voraz y un coleccionista de libros raros. Su biblioteca personal contenía 17.000 volúmenes.

El Sr. L'Amour "quiso escribir casi desde cuando aprendió a hablar". Después de desarrollar una amplia audiencia para sus múltiples historias de la frontera y de aventuras, escritas para revistas de ficción, el Sr. L'Amour publicó su primera novela, *Hondo,* en los Estados Unidos en 1953. Cada una de sus más de 120 obras sigue en edición viva; se han impreso más de 300 millones de copias de sus libros en el mundo entero, convirtiéndolo en uno de los autores con más ventas de la literatura contemporánea. Sus libros se han traducido a veinte idiomas, y más de cuarenta y cinco de sus novelas y cuentos se han convertido en películas de largometraje y para televisión.

Sus superventas en edición empastada incluyen *Los dioses solitarios, El tambor ambulante* (su novela histórica del siglo XII), *Jubal Sackett, Último de la casta* y *La mesa encantada*. Sus memorias, *Educación de un hombre errante,* fueron un éxito de ventas en 1989. Las dramatizaciones y adaptaciones en audio de muchas de las historias de L'Amour están disponibles en cassettes y CDs de la editorial Random House Audio.

Receptor de muchos e importantes honores y premios, en 1983 el Sr. L'Amour fue el primer novelista que recibió la Medalla de Oro del Congreso otorgada por el Congreso de los Estados Unidos como homenaje al trabajo de toda su vida. En 1984 recibió también la Medalla de la Libertad del presidente Reagan.

Louis L'Amour murió el 10 de junio de 1988. Su esposa, Kathy, y sus dos hijos, Beau y Angelique, continúan con la tradición de las publicaciones de L'Amour con nuevos libros escritos por el autor durante su vida y que serán publicados por Bantam.

2/10 2   1/10   11/18 6  5/17
12/12 5   2/12

## The Official

# L'Amour

## LOUIS

### Web Site

# WWW.LOUISLAMOUR.COM

Visit the Home of America's favorite storyteller

## Louis L'Amour Community

*Join other Louis L'Amour fans in a dynamic interactive community*

*Discussion Forum*

*Guest Book*

*Biography Project*

*Frequently Asked Questions*

## About Louis L'Amour

*Exclusive materials and biography written by Louis' son Beau L'Amour*

*"A Man Called Louis" an exclusive video interview*

*Photo Galleries*

*Articles*

*Great American Tradition*

Whether you are new to the thrilling frontier fiction of Louis L'Amour or are one of his millions of die-hard fans, you'll feel right at home at www.louislamour.com!